三民叢刊 219

黥首之後

朱暉 著

三民書局 印行

黥首之後　目次

也算有過父親

想不起小時候究竟有沒有叫過「爸爸」，只知道這個稱呼比「那個人」離我更遙遠，說著口澀。至於「父親」，只是一個名詞，一個概念，權且一用。

我有個小我一歲的妹妹，媽說妹妹降生時父親已回不了家。所以我斷定我降生時就已見過父親，只是那時候還不可能認得出他，更不用說如何稱謂他。

我能記起的會面，是我四、五歲到十二、三歲的那段日子。（或許，那時我曾叫過他「爸爸」？）

見父親，是一個既稀罕又迂曲的過程。序幕，總是從寄到家裡的一張土黃色的明信片開始。週期是一個月還是三個月，我記不準了。收信人那一欄裡，照例是寫母親的姓名，字跡極潦草，正文也不長，無非是告知家裡人哪天能夠去，最好能給他帶去哪些物什之類。

每逢這一天，媽下班回來，姥爺姥姥總會避開我們幾個孩子，同媽悄聲議論很長時間，一個個憂鬱不安的樣子。這以後的一些天裡，我也就格外緊張。因為我知道說不好什麼時候，為著什麼理由，就要挨頓臭揍。而且，往往是同一個口實，媽、姥爺、姥姥，每人打個夠，打完了，行刑者的表情會變好一點，甚至能好上幾個時辰（——如果老天保佑的話）。就這樣，一天天、一輪輪地打下去，直到下一個或者是再下一個星期日，一大早起來，見姥爺穿戴得整整齊齊，手裡還拎著個半大不小的包袱，便知道這一輪暴打，總算是休歇了。

我暗自欣喜不已，臉上依舊扮可憐相。倘若不留神演穿了幫，大人的無名火，勢必又會撒在我身上。從小就時常聽人說我如何早熟。而早熟的我，最早悟出來的人生真諦之一，就是千萬不要聽任自己的心思溢到臉上，否則，是絕對會招惹麻煩的。無論小時候為那一頓頓的暴打，生成過怎樣深且入的怨與恨，待我步入社會之後，我實實在在地感悟到這一類的胎教，對於享有一個這樣的父親的我來說，是多麼地必要和可貴。也正是這一份再造之功，曾確保我無數次地避開陷阱，從早已張大了的網羅中，平安脫身。就拿我二十五歲那年來說吧，那位紅光滿面的林書記，倒背著白胖胖的雙手，很叵測地圍著我一圈又一圈地轉，可他一直轉到最後，也還是沒能發現我其實根本就不悲痛欲絕，反倒正為本能地預感到我這號人的厄運，或許會隨著一個偉人的仙逝而告一段落，而由衷地激奮不已呢。這，當然都是後話。至於小時候，見到姥爺一副整裝待發的模樣時，我的想法再簡單不過：與其留在家裡提心吊膽，我倒寧願相跟了去。

姥爺並不總帶我們去，或者說很少帶上我們。過了很久很久以後，我才知道許多時候並不是他不願意帶，而是媽攔著。

我還記得，帶上我們去看父親的日子，大多是不冷不熱的季節。路，很長，很遠。先是沒完沒了地擠在公共汽車上，然後沿著農田走上個昏天黑地。最後，在農田的盡頭，出現了一圍高牆，牆上排著密密匝匝的鐵絲網，白瓷瓶算盤珠似地點綴其間。高高的角樓上，全副武裝的士兵遠遠地朝我們吆喝了一聲什麼，姥爺聞聲止步，高高地舉起手裡的包袱，大聲應道：「來探監的！」稍後，見崗哨揮揮手，我們再往前走。就這樣，我們沿著高牆，在聲聲喝問與應答之中，且停且走，直待眼前出現了兩扇高高大大的鐵門。

鐵門半掩，荷槍實彈的士兵矗立兩旁。人們排起了長隊，依次交上證件和明信片。穿制服的叔叔阿姨走上前來，讓我和別的小朋友都把衣服口袋翻出來，有時還會說「來，讓抱抱，給你糖吃。」一邊說著，不容分說地擼過去，上上下下摸個不停，當然，摸過之後，並不見有誰真拿出糖來給我們吃。

大人們會不會被搜身，我憶不出了。只記得十來歲時聽姥姥說過，最初，是媽去探監的，還曾抱上妹妹一道去。每次回來，媽就會關起門來，偷偷哭一通。有一回，不知為了什麼，媽還被阻在鐵門外，說什麼也不讓進去見上一面。媽一路哭著回了家，咬牙切齒詛咒發誓說再不自找那份屈辱。從那時起，便由姥爺接過了這份苦差事。

我們這些孩子，被「抱」過之後，便隨著來探監的大人們，進了另一間房子。大人們把帶來的包裹在一張張桌子上攤開。這時，在桌子的另一側，一個個穿制服的男男女女，就會表情嚴肅有條不紊地查驗起來。驗看良久，查得很仔細。如果是衣服，口袋全要抖出來，用手一遍遍地捏，舉了放大鏡一寸寸地看；如果是食物，就要嚴厲地訓斥幾句，打張收條扣下，待物主臨走時再發還。有時，一些人會被攔下，待我們走出大鐵門時，會看見他們還眼巴巴地站著。

就這樣，一兩個小時過去，驗看合格的人和物便被人一左一右地引領著，走進院子。記憶中，這個院子很大很大。院子中央，幾十張方桌一字排開。探監的人們被安排在桌子同一側坐下，一聲不吭地等著。大約七、八分鐘過後，遠遠地，從院子最裡邊，傳來沉沉悶悶的腳步聲。稍後，就見一群人，四、五個一排，長龍般地押了來。

他們在離桌不遠的地方站下，頭依舊半垂著，不抬眼皮。這時，就會有位穿軍裝的走到隊伍前面，語重心長地講上好一會兒。等他講完了，垂著頭的隊伍裡便有人將右臂車輪般地轉半圈，朝天舉了，表情極誇張地喊：「感謝人民政府——」

一干人犯便急吼吼相跟上，復喊一遍。

口號在毒日頭底下翻來覆去地喊，站的坐的，莫不滿頭大汗，臉色也變得油光光、紅艷艷起來。這時，先頭訓話的那位，伸屈兩臂向下扣扣，喊聲戛然而止。另有穿制服的走到隊伍前，捧著個大本本，喊出一個個名字。一干人犯一個個應聲走出隊伍，由穿制服的分頭引領著，走到自家人前面，隔著桌子坐了。此時，在桌兩邊坐著的人們，身後都有立著的人，牢牢地盯著。

坐在那兒的時間並不長，也許只有十來分鐘模樣。姥爺是個粗人，性子倔，偏又總喜好一知半解地講說些街道上正往居民們耳朵裡灌的流行詞句，再說，他原本反對媽嫁給我父親，更恨我父親不肯審時度勢以致三弄兩弄地把自己弄到了大獄裡，害得一家老小沒個太平日子過。如今，他忍氣吞聲地替女兒來探監，身後又有人虎視眈眈地盯著，想必也說不出太暖人的話來。所以，往往說不上幾分鐘，兩人便再接不上腔了。

每到這時，父親才會注意到我們。姥爺呢，也會默默地把我們從木凳上往前一撥，迫我們臉碰桌沿地站了。

父親失去人身自由的時候，我還不滿周歲，哥哥也才兩歲。從小到大，既沒機會同父親共同生活過，也就說不上有多少親情。彼時還小，又總挨揍，不由得就把同大人們湊得太近，看成一件極危險的事。所以，從鼻梁挨到桌沿那一刻起，我已是驚恐之極。

我從來記不起父親對我們說過些什麼。如果確實說過什麼，想必也都是些說不說兩可、答不答沒兩樣的話題。倒也記得有幾次父親猶猶豫豫地把手往前伸伸，似要摸摸我們的頭，卻不敢，抬起頭來，可憐巴巴地望著身前身後立著的人。似乎有過那麼一兩次，立著的人見了，故意轉過頭去看別處，父親伸過來的手便會迅速地一伸一落。這時，抵桌而立的我，會覺得頭頂被一隻厚重的巨掌怯生生地按了按，不由得緊張地閉起眼。等我定過神來，抬起眼皮看過去時，父親早已收回手臂端坐了。

記得還有那麼一兩次，父親見我們也來了，便忙不迭地在衣服口袋裡掏了又掏，小心翼翼地擎出一兩粒質地極可疑的糖來，眼望立著的人，動作很大地將糖紙剖開，把糖遞到我們面前。我們不敢接。這時，姥爺會長嘆一聲，把糖接了，塞在我們嘴裡。

哨聲響了，只見桌對面的父親，慌慌地立起身，黏黏地瞄一眼我們，急匆匆離開桌子，半垂頭走回隊列。這時，就見穿制服的手捧大本本，喊出一個個名字，吼出一串串口令。半垂頭的隊伍，便在口令聲中，踩著沉沉悶悶的腳步漸漸走遠，消失在深不可測的高牆深院之內。

每次去見父親，總要到傍晚時分才能回到家。此時，只覺得饑渴難奈疲憊不堪，於是胡亂吃喝一氣，倒頭便睡。通常，媽也不問我們什麼。倒是姥爺，會像剛剛做成了一樁並不那麼情願的大事業似地，滔滔不絕地講了又講，直到姥姥看出媽又被勾出了壞心緒，一次又一次地往旁處帶話題，才算把這件事掩隱過去。

每逢這一天，媽就會一直工作到深夜。有時，我從夢中醒來，會看到媽還在我身邊坐著，湊著昏黃的燈光，抄寫不停，臉上帶著異常冷峻憂鬱的表情。

至少是在我還沒有真正品嘗到有了這樣一位父親的人生況味之前，父親對我來說，只是一張擺在媽媽床頭的照片，一個地地道道的「遠親」，遠得可以忽略他的存在。若不是時常見小夥伴們有滋有味地說著各自的爸爸，還真悟不出原來「爸爸」卻也和「媽媽」一般，竟是一個家庭裡頭何等了不得的人物。這發現，曾使我編織出一個古怪的邏輯：「爸爸」是家庭裡面唯一不需要打孩子的大人。遺憾的是，這邏輯沒支撐多久。因為，同伴們聽了，竟沒一個贊同的。

父親卻並沒有因而重新變成我不必多在意的陌生人。這個讓我定不了位的家庭角色，勾起我童稚時期最恆定也最濃厚的探索慾。我時常趁大人們顧不上盯我的時候，偷偷拉開一個個抽屜，打開一扇扇櫥門，搜尋父親存在過的痕跡。

我的搜索相當成功。

我找到過十多個大筆記本。這些筆記本，統統大三十二開，一律是黑色的硬皮封套，讓人懷疑它們都是父親成批購進的。本子裡面的紙張、顏色卻不很一致，記述的日期更延續了十來年，以致我至今弄不懂個中奧妙。翻開筆記本看看，那上面潦草的筆跡，同明信片上的字跡如出一轍。可我那時，還認不得幾個字，也遠沒掌握辨認不大規範的手書的技能，所以讀不出個究竟來。

我最大的收穫，當屬那十來本相冊。成百上千張開始泛黃的照片，向我展示了父親在不同年紀的模樣，以及曾經出現在他生活裡的一些人物，一些場景。

照片裡的父親，似乎比我見到的那個他，身材要高大一些，腰背筆直許多，眼睛裡也沒有那許多委委瑣瑣惴惴不安的神色。照片裡的他，通常身著戎裝，表情嚴肅，一副威風凜凜不苟言笑的模樣。就連他與媽媽的合影，也只在嘴角上漾出一絲笑意。

有一兩本相冊，看似父親年輕時候的照片。人顯得很瘦，大多西裝革履的。倘是合影，身旁總是些或男或女的外國人，男的大多身著軍裝，軍裝的式樣，與我從影片裡看過的德國鬼子身上穿的，一模一樣；照片的背景，也莫不富有異國情調。有個外國女人，在這時期的照片裡多次出現。年紀很輕，個子高高的，人也長得蠻漂亮。有她與父親的合影，也有她一個人的照片。後來我還找到一個絹手袋，那裡面放著一束金黃色的長髮。等我長大以後，偶爾想起來，才悟出那照片和金髮中，必定隱著父親年輕時代的一段愛情故事。

照片上更多的，還是與父親穿著同樣軍裝的國民黨軍人和他們的眷屬。其中，還有傅作義、程潛、張治中等人的大幅半身標準照，照片背面，有他們的親筆題款。

我還從一些照片的背景中，認出了延安的寶塔山。父親照例身著筆挺的國民黨軍軍官的服裝，身邊的人，有穿軍裝的，也有著便裝的。他們中的幾個人，日後我無數次地從報刊中從影視中看到過。多年以後，我曾聽母親說起，父親在抗戰時期擔任過國民黨派駐延安的聯絡官。當時，毛澤東主席曾贈給他一本《論持久戰》，還親筆題寫了幾句話。解放後，當父親覺出處境有點「那個」時，曾想用這小冊子保一保駕，所以那本小冊子也就理所當然地不再屬於他了。

事隔多年，照片上的許多人和景，在我的記憶中，已變得極其模糊。而當年，它們為我勾勒了一個「曾經如此」的父親。

然而父親並未因為這些照片變得親切起來，他依然在我的生活視野之外。我相信，如果沒有後來發生的一切，父親對於我來說，也許永遠只是一個沒有多少實際意義的稱謂。

第一次發覺其實我與父親有割不斷的關聯，還是我七歲時。那一年，我上了小學。開學伊始，我領到了一紙表格。那上面密匝匝列出的項目，日後不曉得填寫過多少次。那上面的「家庭出身」一欄，讓我茫然不解。一直盼到晚上，媽下班回到家，我趕忙把那張「學生登記表」遞上去。媽看看，不說話，臉色卻陰沉了許多。隨即，媽掏出鋼筆，唰唰唰地寫了一氣，一言不發，將表格擲給我。那時，學校還沒來得及教我識字，我從半文盲的姥姥那兒領受過來的文字能力也有限得很，所以看不出個究竟。第二天一上學，我把表格交了。中午放學，老師沒讓我回家。

印象中，我的這位啟蒙教師姓黃，一位年紀跟媽相仿的知識女性。她給我買了飯菜，可我不敢吃——未經家長允許，吃拿別人的東西，不要說是我，就連平日最受寵的哥哥也會挨揍的。

老師聽罷，嘆口氣，不再堅持，也不肯先吃，把媽代我填寫的表格翻出來，朝我面前推推：「你知道這上面寫了什麼嗎？」

我搖搖頭。

黃老師同情地看著我，說「家庭出身」一欄寫的是「在押歷史反革命」，「家庭主要成員」一欄中，關於我父親的注釋是「起義之國民黨高級軍官，被判死刑，緩期二年執行，現在押」等等。

我一點兒也不知道這件事的嚴重性，怯怯地答：是真的，我還去探過監呢！

眼鏡片兒後面的目光忽然變得異常凝重，黃老師四面看看，原本狼吞虎嚥的幾位老師這時都住了嘴，帶著怪怪的表情朝我望過來。

沉默了一會兒，黃老師掏出一張空白的表格，乾巴巴地說：「拿回去重新填！告訴你母親：你的出身，先按她的成份填寫。至於你父親，他要是起義軍官，就不會被判刑，既然判刑了，就別再提什麼起義不起義的。不然的話，對你，對你母親，都沒什麼好處。聽懂了嗎？」

我怯怯地點點頭，其實半點兒也聽不明白。

從記事起，聽姥姥、姥爺總掛在嘴邊的一句話就是「天地君親師，不尊不從，大逆不道」。如今，我的第一位恩師，給我開的第一次「小竈」，竟是對我的母親的指責。而這，又是我平生第一次聽到母親受指責。我驚呆了。

我不記得自己是怎樣走完回家的路的，我卻清楚地記得黃老師一直把我送出了校門。分手時，她四面瞄瞄，然後把一隻手放在我的肩頭，看了我好一陣子，緩緩地說：「你還小，有些事，等你長大了，才弄得明白。媽媽不容易。你得要強、上進。記住老師的話：不能總拿自己當孩子，要學著當大人。」

二十多年之後，當我三十歲時，聽父親講過一句話：「我這一輩子，做了二十八年官，坐了二十八年牢，如此而已。」

說這話的時候，父親已經恢復了自由，兩年後甚至還平了反，可他已形同槁木，再不見有任何表情流露出來。

附錄一　最初的判決

中國人民解放軍北京市軍事管制委員會軍法處判決書

一九五四年軍判字第一七七號

被告：朱亞英，男，四十七歲，北京市人，現住安定門內大街大興縣胡同廿七號（在押）。

右被告自一九二五年起充匪西北軍十二師上尉參謀、中校參謀主任，一九三二年畢業於德國普魯士高級警官學校，返國後，歷充蔣匪西北綏靖公署軍事參謀、十七師參謀長、三十八軍軍事參議，一九三六年入匪陸軍大學受訓，畢業後繼充匪中央軍校第七分校少將總隊長、卅四集團軍總司令部少將高級參謀、第一戰區（胡宗南部）西安指揮所少將高級參謀、第一戰區長官部少將副官處長、匪中央警官學校第一分校主任等反動要職，直到解放，於一九五〇年入華北人民革命大學，一九五一年十二月被送中央人民政府公安部新生公學審查，一九五四年九月經該部公訴來處，經本處審理被告的主要罪行於後：

一九三三年被告充匪十七師參謀長兼陝西省陝南區臨時軍庭會審判長期間，積極破壞漢中的進步學生運動，親赴各校演講進行威脅，並以軍法處的名義向各校索要黑名單，遂後在各校指名令進步學生來司令部談話，逼走了革命青年十餘人，使學生運動遭到停頓，同時並審訊共產黨嫌疑周彬如、易厚庵等多人。同年該被告親自指揮兩個團的兵力，侵占了已被徐向前將軍解放的寧強縣城。

一九四〇年被告充匪第七軍官分校少將總隊長時，以「抗日」名義為胡匪宗南招收淪陷區青年二千多人，加以反動軍官的訓練，畢業後，迫使這二千多人參加了「國民黨」，後即分發到胡匪軍各部，以擴展反革命武裝；一九四七年充胡匪長官部少將處長時，被告又不遺餘力的參加了侵占延安的戰役，在此期間，被告積極辦理交通運輸，以利於匪軍的行動，給前方匪軍空投，陸運給養等，當延安被匪軍侵占後，被告又積極招待各地的「記者訪問團」替胡匪進行反動宣傳，並將煙土（毒品）一箱空運延安藉以誣蔑共產黨。當胡匪主力被我軍誘至陝北山區，西安匪軍空虛，我軍乘此進攻潼關時，被告又積極夥同匪參謀長盛文，集中殘匪全部精力進行頑抗。

一九四七年被告充匪中央警官學校第一分校主任時，積極訓練了反動警官一千七百餘人（其中有胡匪軍官一千三百餘人），分發長江以北進行反革命活動。一九四九年春被告又積極協助軍統特務胡子萍、胡步蟣逮捕在該校當××（注：此處字跡不清）的中共地工人員喬濤、任俊賢二人，致使喬濤被匪殺死。蘭州解放前夕，被告又將該校庫存的大槍四、五百支，手槍數十支，機槍四、五挺，各種子彈萬餘發及軍帳等物資多種送與馬匪步芳擴充反動實力，抗拒人民解放事業。由於被告的積極反革命行為曾獲蔣匪及美帝的「勛章」數枚。

一九四八年夏被告積極向胡匪宗南建議，企圖在平涼設立最高統帥部代表辦事處，統一指揮西北各部匪軍分五路進攻西北的革命根據地。一九四六年夏王震將軍率部由湖南突圍回陝北時，被告積極協助胡匪宗南在中途（秦嶺一帶）進行截擊，並命匪長安縣長連夜強迫群眾趕修公路，以便匪軍運輸，致使王震將軍遭遇秦嶺困難轉走保雞（注：寶雞？）遭受很大損失。

前述罪行均經本處審理屬實並經董公笏、張廷魁、安爾泰等指證明確，被告亦供認不諱。×××××××××××（注：此處字跡不清）

被告朱亞英歷充反動要職二十餘年，為胡匪宗南的親信和得力助手，一貫積極進行反革命活動，組訓培植反動爪牙三千餘人，對中國人民的革命事業危害頗大，罪行甚為嚴重，實為反革命之首惡分子，特根據中華人民共和國懲治反革命條例第七條第三款之規定，判處死刑，緩期二年執行，強迫勞動，以觀後效。

處長　王斐然

審判長　張醒民

助理審判員　張立德

一九五五年一月十一日

中國人民解放軍北京市軍事管制委員會軍法處關防（印）

如上字句，印在兩張不很大的紙張之上。

紙呈黃赭色。質地粗糙，近乎土紙。

不久前，當我有幸首次得見這兩張紙的時候，它們已變得皸裂斑斑。紙的主人，早已不在人世；紙上的宣判，也早已推翻。此時，還能讓我驚嘆不已的，只是這紙的粗糙與簡陋，而在如此清貧的紙張之上，那一串串蠅頭小楷竟是何等俊秀飄逸，那一坨碩大的長方形印鑑依舊是如此鮮紅。

我油然起敬。

設想當年，當審判長宣讀它們的時候，父親會是什麼心情什麼表情，在我，是一件相當困難的事。這不光是因為我那時還只有四歲，渾不省事。即令是成年人，不在囹圄之內，也只怕「隔」得很。記得二十多年之後，媽在同登門「落實政策」的兩位法官說起這樁舊案時，還在悻悻地責怪父親當年「明明知道自己參加了成都起義，為什麼就不敢替自己辯解辯解呢」，可見就是經歷過那個年代的媽，也未必作得到設身處地。

說來有趣，反倒是兩位來客中那年長的一位，見多識廣，聽媽這樣說罷，緩緩一笑，說道：那時候，哪裡容得他張嘴！多說一句，也就斃了。

附錄二　關於照片的補贅

一九八四年初夏的某個黃昏，家裡突然來了兩個男子。一胖一瘦，中等身材，年紀麼，都在六十開外。

來人自我介紹說，當年，曾作過朱亞英先生的學生，幾十年風風雨雨的，如今總算有幸湊到一起，特意前來叩望朱先生。

他們說的「朱先生」，便是我的父親，只是，兩年前他已謝世。

來賓聽罷，相互望望，低低地說道：來之前，已想到這一層。來過，心事也算了卻。

家裡只有我和哥哥在。見有人居然這般念記父親，都感詫異。

來賓似有覺察，淡淡一笑，講起抗戰時期，父親任國民黨第七軍官分校少將總隊長時的幾件往事。

我只見過作為囚徒而神色惴惴委瑣的父親，見過獲釋後不再流露半點情感思緒的父親。所以，即便他們言之鑿鑿，我依然無從想像那個執拗地站在公路中央，左手叉腰、右手指著日寇飛機破口大罵的男人，竟會是當年的父親。儘管，我相信，如果我是他們，曾經匍匐在那片曠野，目睹了這個場面，我也會牢牢地識記下什麼。

來賓問：能不能請出朱先生的遺照，容我們弔唁弔唁？

我和哥哥尷尬地相互看看，嚅嚅道：「文革」時，抄了三回家，父親的照片，一張也沒剩下。

來賓道：來之前，也想到了這一層。面南一祭吧，心到神知，朱先生不會怪罪的。

說著話，來賓站起身來，朝我和哥哥上上下下打量一番，稍胖的一位對我說：幼兄相貌，有乃父遺風，煩勞足下，代朱先生受禮。

說著，引我面北站好，兩人垂頭閉目片刻，朝我恭恭敬敬地鞠躬者四。

媽媽不僅是媽媽

總也想不通媽媽為什麼會在最後一次穿行這座城市時再把一隻眼睜開？

那是個沒有風的冬日。

一輛輛靈車在八寶山火化場往來穿梭。真真假假的離情別緒，在大大小小的靈堂湧入湧出。紙紮的鮮花與僵冷的濃妝反襯著窈窕的慘白。

太陽冷漠地懸著。

在逼人的寒氣中，媽媽靜靜地躺在靈床上，右眼大睜著，一動不動。

妹妹問：前天送媽到太平間的時候她不是閉著雙眼的嗎？我點點頭，淚水開始往上湧。我死死地咬住嘴唇。

我絕少看見媽媽掉眼淚。

有件事，我始終難忘：一九七三年春，我從河北省交河縣把媽接回北京。她辦了退休手續，雖說戶口還不回來，至少還是可以作為「暫住人口」在兒女身邊安度晚年的。回到北京的第二天下午，我幫媽整理帶回來的衣物，竟揀出了一件破碎得條分縷析的花布襯衫。

「媽」，我拎起那件破襯衫：「破成這樣，也穿的？」

媽站在窗前，陽光在她的白髮上罩了一層燦燦的金黃色。媽扭頭望望我，平平常常地說：「哪是穿破的，『破四舊』那會兒打爛的。」

「破四舊」時，我已經十五歲。我是不折不扣的「狗崽子」，家被抄過三次。還算僥倖，我沒挨過棍棒皮鞭，可我經歷過北京的「紅八月」（即一九六六年八月）。那種黏稠稠地包裹在每個人身上、彌漫在每一條大街小巷的血腥味，來自火化場堆放的一具具殘屍，來自火車站前一群群頭破血流的「遣返對象」，來自一戶戶遭洗劫、受毒打的平民百姓，來自一隊隊呼呼作響的棍棒與軍用皮帶，那上面莫不浸潤了平民的血污。

這期間，我見過北京第六中學影壁牆上「紅衛兵小將」用受難者的鮮血塗寫成的二尺方一字的巨幅標語「紅色恐怖萬歲！」

這期間，我見過北京第十五女子中學的同齡人用帶著銅環的武裝帶抽打鄰居王老頭，那七旬老人赤裸著上身跪在地上一聲不吭，最後竟把那行刑的小姑娘惹哭了，「臭資本家，你幹嘛不叫喚！」她邊哭邊罵，武裝帶揮得越發淩厲，滾燙的鹽水在王老頭的傷口上澆個不停；

這期間，我見過母校（北京市第二十六中學）校長高萬春先生的慘死：那平素不苟言笑氣質儒雅的中年漢子，不堪酷刑，墜樓自盡。幾個「紅衛兵」圍著一息尚存的高先生，用木槍刺朝他的胸腹上亂捅，笑嘻嘻地說要「實行革命的人道主義，給他作人工呼吸」。高先生仰臥著，朝行刑者呸呸地吐血沫，直至嚥氣；

這期間，我見過本校黨支部的女支部書記寫出的一份〈認罪書〉。那上面寫的是她在這個高溫酷暑的「紅八月」裡，被捆綁在一具血肉模糊的屍體上，在一間黑漆漆的教室裡度過漫長的一夜之後，對於「與人民為敵，死路一條」這個革命真諦的痛切感悟；

這期間，我見過北京龍潭湖公園裡的浮屍，死者也是位老人，雙手捆綁著，背朝青天，後腦上還翻著兩三寸長的血口子。岸邊行人不斷。平素極喜好湊熱鬧的北京人，竟也見怪不怪得沒了駐足觀看的半點兒興趣……

這，還是在素有「天子腳下」之稱的北京城。

那麼，在「紅八月」之際，在一個更加愚昧野蠻的小縣城裡，像媽這樣一個初來乍到且有許多「辮子」可抓的中學英語教員，會有什麼遭遇，還用多說，還用細問麼！

我始終沒勇氣細問，媽也從未當成一段空前的和刻骨銘心的經歷跟誰細細地訴說過。還記得毛主席仙逝的那一年，業已退休在家的媽，被管片民警小韓喚了去，跟街道的「管制分子」一起聽憑訓戒。媽回來後，彷彿看出我有點悻悻然，笑著說：「破四舊」那陣子，我頭一回挨打，沒經驗，還跑去找民警尋求保護。警察朝我怪模怪樣地笑起來，說這可是革命呀，人民警察哪能不支持小將支持你呢！

媽說：當初，我可真呆！

說之無益，又何必多說。依我看，這是媽在後半生歷煉出的一條很重要的處世為人之道。我知道，這不是因為媽生性豁達，或是有超常的幽默感，而只是因為媽經歷了太多太多的事情。

彷彿是在我三四歲時，在一個夏日的傍晚，一輛吉普車在我家住著的那個大雜院外停下。那時，即使在北京，小汽車也因難得一見而讓孩子們懷著亢奮的好奇，以致眨眼間，院內院外足足冒出百十號「鼻涕蟲」，個個伸長了脖子睜圓了眼。一男一女兩位青年，從車上走下來，不說不笑，逕直進了我家住的西廂房。媽剛下班，正吃晚飯。聽不清來人對媽說了什麼，只見到媽又拎上她的提兜，很平靜地跟著他們上了吉普車。

我們家來小汽車啦，是來接我媽去工作的！

我興奮極了。小夥伴們簇擁著我，問這問那；我驕傲地走來走去，胡說八道。那個晚上，我激動不已，比我大兩歲的哥哥和小我一歲的妹妹都上了床，我還不肯脫衣服。不知道我耗到多晚才閉眼，只記得入睡前的場景：姥姥、姥爺仍然默默地坐在飯桌兩邊，昏黃的燈光散射下來，他們的神情竟顯得異常憂鬱不安。

直到二十多年以後，我才理解了那個夜晚。一九八〇年，被關押了二十二年的父親，終於在他獲釋後的第四個年頭，拿到了一紙「平反通知」。北京市檢察院的兩位幹部找到我家，勸說媽同我父親復婚。看得出媽有點動心，可最後她還是拒絕那樣做。媽說，成都解放前夕，「中統」的張研田力勸我父母去臺灣，說我媽留下也許沒多大麻煩，可「朱先生」（指我父親）必定凶多吉少！可我父母說既允諾留下來參加起義，再走豈不給朋友們惹麻煩！就這樣，張研田的飛機空著兩張座位起飛了。媽說，萬萬想不到，一九五四年我父親被否認了「起義將領」的身分並被作為「歷史反革命」正式逮捕。媽說當時她不服，因為正是她，受我父親之命，具體操辦了參與成都起義的一應事宜。媽開始申訴，直接向黨中央投書申訴。於是，就有了我曾見到的那個傍晚。

媽被電影局「肅反工作組」喚了去。媽面對著一種當時人人心悅誠服而今天會覺得荒唐可笑的政治邏輯：你對還是黨對！媽說不出話。不說話的媽被「請」到一間小屋裡「想問題」。夜深人靜，我父親一位老朋友的女兒偷偷溜進小屋，她說，她父親托她捎來句話：朱亞英（即我父親）的案翻不過來了！請弟妹（指我母親）顧全大局，若堅持己見，必難脫牢籠之苦，即令弟妹不畏死，則上之一對高堂、下之兩雙兒女又何以依？媽說，聽了這些話，她哭了，一直哭到黎明。天亮了，媽擦乾眼淚，叩開「肅反工作組」的門，對他們說：我和朱亞英都沒參加成都起義，我給中央寫信是無理取鬧，我接受組織對我的任何處置！

就這樣，平靜地說著違心話的媽，在明知生不如死卻唯有選擇不如一死的生的最後一刻，換回了人身自由，換回了一個孤單單的女性繼續獨自支撐一個殘破家庭的權益。所以，當二十六年後的這個夏日，容媽面對檢察官們講講心裡話時，她的話讓我終生難忘：「當初我就知道你們判錯了，可我有父母有兒女，我得讓他們活下去，所以我只有強迫自己相信你們對，我錯！直到我也真的這樣想這樣信了，這才算真的能撐下來了！現在你們又說當初你們搞錯了，又讓我跟著你們的說法，再自我否定一回。當初人在中年，自我否定一回，總還能對後半生存個盼頭；可現在我老啦，自己再把自己這三十年否定啦，我還能剩下什麼，我還活得下去麼？」媽顯得異常激動，滿頭白髮刺得人睜不開眼。我記得兩位來賓再沒說話，臨走的時候，那年長的一位，竟給媽鞠了個躬。

在如今已屆中老年的國人之中，喜歡把五六十年代，追憶成遍地高張理想主義和英雄主義的，不在少數。這觀感是真是假，我不好說，因為那時候我還小。而小孩子，照例是只知受領，而絕無篩選與臧否之力。人家說什麼，你就容易相信什麼，人家餵什麼，你就乖乖地吞嚥下什麼。那些翻來覆去地聽的、吞的東西，浸淫心身，即構成了所謂的胎教。

胎教之所得，讓我從小到大，順暢地受領了彼時代予以認可和褒張的一切，包括彼時推崇過的每一位英雄。然而，哪怕就是在那個時代，我也從沒想過媽是不是也該算作英雄。直到我長到三十歲、三十五歲、四十歲，我終於想到：一九五二年，由於父親入獄，媽不得不獨自支撐七口之家時，她才三十八歲；一九五四年，媽面對生不如死的抉擇時，她才四十歲；一九五七年，媽和另外十三位同事被「請」去給文化部領導們「大鳴大放」，唯有媽一言不發因而也唯有她倖免於難時，媽才四十二歲。

無疑，作為「狗崽子」，作為「知識青年」，我和我的一些同齡人，也曾經歷了許多事，我們也曾在許多叫人透不過氣甚至活不下去的關口，煥發過驚人的生命力，可我自認我不可能有媽那種逆水行舟達三十年之久的韌勁兒，為著自己認定了的某種天職而甘願忍辱負重至徹底否定自己的地步的那種胸襟。有人說，男人的爆發力勝過女人，而女人的耐力則遠勝過男人。有此一說，讓我有了一條不臉紅的口實。可恰恰是因為我有這樣一位媽媽，我不能不崇仰中國的女性，她們才是人類所特有的美德與生命力的佐證。

我小的時候，最不受媽的寵愛。北方農村有個諺語：「疼大的，嬌小的，挨打受罵中間的」。事後想想，媽不待見我，一則因為小時候的我確實忒淘氣，二則因為我降生時，我父親的處境已有了種種不妙。仍然是他的那位老朋友，苦口婆心地勸我媽走出家門，找份工作，並且設法把媽安排在他女兒任人事處長的文化部電影局。這一來，可就苦了我。我還沒出「滿月」，就被送到天津我姥爺、姥姥那兒，他們再把我送到一位姓王的奶娘家，直到我兩、三歲時，才隨姥爺、姥姥遷居北京。據說，重逢的第一天晚上，媽想抱我去她的床上睡，可我只想著「王媽」，認不得自己的親媽，昏天黑地哭個沒完，終於惹惱了媽，氣沖沖爬起來，把我丟到堂屋的單人床上。從那以後，我看媽，就像鼠看貓。也是從那時起，我就有了自己的床鋪。

我的床，一邊緊靠堂屋的南牆，床這邊，放著一張四四方方的餐桌，一只十五瓦特的燈泡懸垂在餐桌正中央。記不清我從四歲還是五歲開始，每到吃過晚飯，媽就打發我去小鋪子買一盒香煙回來，然後，媽就會坐在我的床邊，湊著昏黃的燈光，寫個不停。每逢這時，姥姥就把我們幾個攏到她的臥房裡，黑著燈給我們講各種各樣的故事，一直把我們講到夢鄉裡！

「媽工作呢」，這是我小時候既不明就裡又油然敬畏的一句話。有時，姥姥也湊在堂屋的燈下縫縫補補，這時，我們幾個就會一聲不吭地圍坐在餐桌旁。偶爾，媽會抬起臉，邊翻字典邊問我們：什麼什麼「斯」，是什麼意思？我們聽不懂，只知道媽說的是「英文」，媽是在故意逗我們，而我們便會興奮地想出些字詞，麻雀般地喳喳個沒完，直到媽重新拿起筆。

媽寫著，不停地寫著。我不知道媽寫到什麼時候才上床休息。我只記得每晚我入睡前，媽還坐在我的床邊寫個不停，而第二天清晨我也總會看到餐桌上放著個空空的煙盒。

媽從什麼時候開始抽煙的，我說不出。只記得一九七六年，作為「在押國民黨縣團級人員」蒙恩特赦的父親，托人捎來兩條香煙，說當年他不喜歡看媽抽煙，為這還跟媽吵過嘴，現在，他用政府頒發的二百元「安家費」買點煙給媽，表一表歉意。我不知道媽見到這兩條香煙時有些什麼感觸，可當一九九一年十月媽被查出「晚期肺癌」時，我想起了深夜裡的那張四四方方的餐桌，還有清晨時的那一個個空煙盒。

算起來，真正有機會跟媽深聊聊的日子，還得說一九七三年至一九七四年間。那時，媽退休回到了北京，而我作為「病退知青」，還攥著「口袋戶口」。哥哥妹妹從河南輝縣農村抽調至舞陽縣當了工人，他倆調回北京是兩三年以後的事。當時，我和媽都無「公」可「幹」，無「事」可「業」，連什麼時候才能落上戶口，都屬共同不忍觸及的話題，於是，媽便問我在海南島下鄉那幾年是怎麼過的，我便問媽這些年她又是怎麼熬過來的。

記得有一天我跟媽講起「文革」以來我見過的各種各樣的死亡。我問媽：你想過死嗎，這些年我們幾個可總在為這擔著心呢！媽認真地想了半天，搖搖頭說她沒想過自殺！不過，她又說，人被逼到一定份兒上，又沒了一點指望時，死就會不知不覺地找了來，這時還能倖免一死的，只有那些僥倖意識到自己是死啦還是活著的人。

媽說，一九六六年下半年那陣子，她在「牛棚」裡關著，工資被扣發，每月只給十五元生活費，而北京有老老小小五張嘴在等著。她絕望極啦，還得每天兩次，給交河縣中學的每個廁所掏糞挑水。媽說，有好一陣子，她一到井邊取水，就覺得有種聲音在提示她往井裡投；那聲音帶著夢幻般的柔情，甜蜜得讓人心底湧起熱烘烘的暖流。

這時，她覺得只要自己俯身過去，就會遇上一個無比溫暖恬靜的世界。那世界看上去影影綽綽，淡如霧靄，卻有伸展過來的一雙疼愛她、慰護她的手臂，呼喚她放鬆自己，投下去，投進來！媽說她甚至已經真真切切地感受到了這分明可以一蹴而就的旅程是多麼愜意。飄升，迴旋；翩飛，蒸騰。如鳥，似雲。

媽說，那是一種很美很美的誘惑。面對它，人沒了思維能力，只感覺一種異樣的柔美、清涼，與甘甜。腦海在蜃影間飄忽不定，抵禦它，也就無從談起。

媽說，有好幾次，她不由自主地朝井口俯下身去，每當這時，她就會看見水面映出的自己，緊接著她就會看到想到我們這幾個兒女；每當這時，她總會打個冷顫，想到她一死，我們勢必更難在這個社會裡立足。於是，媽就會讓自己定定神，靜靜地掮起水桶走開。

是的，當社會還為我們不幸有了一個「在押國民黨高級將領」的父親，而對我們處處刁難時，我們確實害怕再加上一個「畏罪自殺」的母親。可面對平平靜靜地吞嚥下無數苦難的媽媽，長大了的我，又是多想忘掉我們也曾何等虔誠地同媽「劃清界線」、因而又是何等殘酷地褻瀆過媽媽的舐犢之情呵。也許因為我打小不討媽媽的歡心，我接受起什麼「出身不由己、道路可選擇」之類的「正面教育」來，確曾徹底，絕少感情方面的罣礙。

還記得「紅八月」伊始，媽寄來一封信，說她已經被「揪出來了」，工資也被扣發殆盡。兄妹三個，商量來討論去，最終寫出了一封絕少溫情、卻絕不怕被查扣的回信。那上面，有我特地加上的一句：媽，你歷史上有罪，現在只有低頭認罪，才有出路。我承認，我這樣寫的時候，心裡湧著濃濃的怨忿，絕沒想這一「刀」，會不會把媽逼上絕路。

不久，我們接到了媽的回信，上面只寫了一行字：謝謝你們對我的指教，希望你們與媽劃清界線，做革命的接班人！

即使到了今天，我依然不敢設身處地設想設想：自己如果也陷入同樣的境地，究竟還能不能挺得住，還願意不願意繼續往下挺。儘管，我深知媽面對冷冰冰的井水，之所以一次次地選擇了生不如死的生，恰如同十多年前她面對「肅反工作組」那般，活下去的唯一動力，是繼續履行一個孤單單的女性獨自支撐一個殘破家庭的權益。所不同的是，此時她的背後，還有來自她的一群心心念念地朝著「革命接班人」的光明大道上狂奔的子女們的冷箭！

然而，歷史也罷，人生也好，一旦荒誕起來，就勢必「不經」得離奇。例如當初，我的這一路近乎狼孩的行徑，包括我，包括媽，包括社會，都不會站在人倫的和天良的角度，加以考評。一切都顯得那般順理成章，堂堂正正。就是到了今天，我依然毫不懷疑：媽媽當年，就是在挨批鬥遭毒打的情況下，還能夠給我們寫來這樣一封信，不光是因為她是一位太過盡心也太過盡責的母親，對子女們懷著永恆的慈愛、關懷與寬厚，更表明媽媽對於自己前半生的否定，對於新社會的認同，居然可以虔誠到何種程度。在繼續她的抉擇的過程中，居然可以無怨無悔至何種地步。

這，不能不歸功於（?!）媽媽的性格中，那過於執著、剛毅的一面。特別是當她下決心做成一件事情的時候，更是如此。我聽媽說過多次，自從她違心地向「肅反工作組」認錯服罪之後，她便開始強迫自己無保留地否定自己、無保留地接受新社會的一切宣喻，並把這看成自己後半生投身「革命」、投身人民的起步點。也正是在這樣一種近乎自虐的「脫胎換骨」的過程中，媽逐漸學會了僅僅把我的父親當成「人民公敵」去恨。歷時八年，媽最終以解除雙方的婚姻關係，達到了她所能達到的極致。

與此同時，幾乎還是從我們牙牙學語的時候起，媽就比任何人還要熱忱地鼓勵我們兄妹一定要在政治上，與「反動老子」、「反動家庭」、「有歷史問題的母親」等等，一概「劃清界線」。直到她不能不承認我們已然從切身經歷中讀懂了「人生政治」之前，媽遠比我們還要虔誠地相信：我們唯有這樣想、這樣做，才算走「正道」，也才有光明的未來。所以，當我們一天天長大，到了寫「入團申請書」交「思想彙報」的年紀，當諸如「對反動家庭的認識」、「與反動父母劃清界線」等等，成了需要我們大書特書、常寫常新的題目時，我們絕不會從媽媽臉上窺出一絲不快。

「大義滅親」，是社會枷予我們的一項與生俱來的神聖義務。這義務，同樣支配著媽的後半生。在這個太過漫長的過程，社會督促媽埋葬了她的夫妻感情，同時，媽又協助社會，督促我們埋葬了關乎人倫、關乎天良、關乎人性、關乎親情的許許多多的重要內容。如果說，母子兩代，同在「親不親，階級分」的主流意識形態的蠱惑之下，斬絕了情感領域中的很是重要的部分，那麼，這樣的一個絕情過程，對於媽，意味著心甘情願地，和繼而是難以倖免地充當子女們獻予政治神壇的犧牲；對於我們，則意味著不僅僅是「政治覺悟」，包括褻瀆人性、褻瀆親情、忤逆人倫、忤逆天良等等，也都成了胎教中，極其重要和恆常的構成。不消說，一旦導引出這「覺悟」的官方政治，在我們的心中，陰錯陽差地失去了神聖感和可信性，我們會不會在一夜之間，變得極其玩世不恭，變得冷酷無情，實在是一件太容易想見的事情。

如是想來，媽媽要比我們這一代幸運：起步於一樁「冤假錯案」的「脫胎換骨」，雖然整整支配了她的後半生，卻終究不足以全然消解她的「胎教」。媽跟我們不同，媽至死也還是沒有學會玩世不恭、冷酷無情。

如是想來，媽媽又遠比我們這一代更加不幸：如果媽也能早早地學會了玩世不恭、冷酷無情，那麼她的後半生，所能嘗受的傷害與褻瀆，不是可以減損許多麼？

面對井底的誘惑，學不會玩世不恭更學不會冷酷無情的媽，為了我們，一次次地選擇了生不如死的生。此時，被剝奪殆盡的她，已經無法贍養她的雙親和兒女。依舊不肯允許自己享受死亡的唯一理由，僅僅在於她深知：自己一旦「自絕於人民」，這社會，會變本加厲地加害於她的父母，加害於她的子女。

我沒有資格恰如其分地評判逼人致死與逼得人不敢去死之間，究竟哪一種行為稍稍合乎人類的情與智。我只知道，當年，雖然媽忍辱偷生的唯一理由是我們，作兒女的我們卻從不曾想過如何給媽添加一分活下去的勇氣與樂趣。如果不是比所有的「正面教育」更有說服力的現實境遇，驅使我們意識到「反動老子」的死活，勢必波及自身的境遇，他們的死與活，我們甚至會毫不在意。

這一切，彷彿都是義務：我們的義務是唾棄父母；他們的義務，則是在唾棄中苟活。

這一切，只因為他們是業已被社會規定了的反角，一個不再有其它含義的符號。對父母如此，對一切被當時的社會意志有辜無辜地打入「牛鬼蛇神」之列者，我們都會如此看待——哪怕是你一向最親最敬的人。

這就是曾經的那個你，或者說，也不僅是區區一個你，區區你這一代人。當「文革」時代，連開國元勳們也被打入「黑幫」之內，並且依例受著包括其親朋故舊在內的「人民群眾」的唾棄與折磨時，一個時代的悲哀，一個民族的悲哀，也便暴露無遺。

如今，回首往事，人人都會用自私、冷酷、絕情這一類詞語，去裁定我們這一輩人的近乎「狼孩」的心靈養成。可當年，正像與我同齡的那些「紅衛兵」何其亢奮地投身於屠戮平民的行當那樣，我心性中的這一切醜陋，同樣也被當時的堂堂皇皇的「正面教育」烘托得大義凜然堂堂正正。

其實，主流意識形態對於平民精神世界的鑄造之力，又何止於區區童稚之輩。媽媽以她對新政權的虔誠，以她對兒女的護愛，鼓勵和縱容我們越發肆無忌憚地實施著社會賦予我們的「神聖義務」。從這個意義上說，她也像同時代的眾多成年人一樣，積極參與了我們的「正面教育」。無怪乎，當他們被無休止的政治運動一個個一批批投入地獄時，當他們為無休止的批鬥辱罵毒打而變得身心交瘁時，他們寄予親人親情的最後一絲慰藉，只可能每每令他們大失所望。

恰恰是這樣一種失望，這樣一種絕望，來自這一方向的唾棄甚或反目成仇，通常充當了置人於死地的最後一刀！

而死亡，包括了所謂的自然死亡與非正常死亡，對於一切在押的和不在押的「牛鬼蛇神」來說，又是多麼容易企及的一種解脫呵。

我聽寧夏的一位作家說過，在「三年自然災害」期間，他作為「右派分子」，在某農場下屬的一個分場勞改。由於他會作畫，曾被喚到場部效力三個月。待工作結束，他已無法回到原來的勞改地點——那處分場，已經因太多的「自然死亡」，而被迫關閉了；

「紅八月」期間的一個夜晚，在我家附近的鐵路上，一列剛剛駛出站區的火車，竟一連輾死了三個人。他們互不相識，卻鬼使神差地，彼此拉開不足百米的距離，臥軌身亡；

我也曾聽父親說過，原本押在北京的他，在「文革」中，因了林彪的「一號手令」，隨同八百同類，轉至河北省邯鄲地區服刑。而有幸活著熬到了「特赦在押之國民黨縣團級人員」那一天的，唯有他。

母親終究沒有葬身井底，父親終於活到了平反之日，於他們，或許不失為一種僥倖，於我們呢，難道僅僅是僥倖麼？

我不想為自己開脫，哪怕是我想這樣做；我也沒理由援引古往今來，無數椿「大義滅親」的典範，來賦予自己一種不必臉紅的心理屏障。無疑，至少是就中國人而言，「大義滅親」，至今或許依然是一種公認的美德。問題是，在我們一次次地將父母親朋，推向政治祭壇時，我們是在本於正義、本於良知，阻止一樁樁正在進行之中的罪惡麼。不是，絕不是。我們只看重社會枷給他們的罪名，我們所做的，只不過是在業已被「打翻在地」的他們身上，再踏上我們的一隻「腳」罷了。那麼，這行徑，莫不是更像落井下石麼，更像是卑瑣無恥地借著親朋的屍骨作媚態表忠心麼？

我無言。

我無顏。

曾經聽一位大學同窗講起，他的父親作為北京市公安部門的領導人之一，「文革」中被投進了監獄。平反後，依舊對大牆之內的種種不堪之處無比憤怒，詛咒發誓，一定要將其統統革除。由此，我想及母校那位被綁在死屍上度過不眠之夜的女支部書記。那麼，當時或者事後，他或是她，可曾想到他們一向不遺餘力地朝「無產階級鬥士」方向培養的年輕一代，整治起「階級敵人」來，心腸是否太狠了些，手段是否忒毒了些呢。也許，他們這樣想過，但也許，他們只想過不該也把他們當成階級敵人整治一程——就像我們從許多「文革」受難者事後所寫的控訴性文字中解讀出的那樣。

媽卻是另一樣。她始終接受不了的是歷次政治運動都會出現的那種摧殘人身、污辱人格的鬥爭方式。直到父親拿到了那紙「刑事再判決書」之前，她卻從不敢以為她的遭猜忌、挨批鬥等等，是無辜受過。甚至直到我們一個個還沒有拿到大學文憑之前，媽始終覺著自己連累了兒女們，讓兒女們從小受猜疑、遭冷眼，坎坎坷坷，沒完沒了，無盡無休。

細細回想起來，我大概也是遲至十七歲以後，才不再有那種自甘愚弄的熱忱的。那一年，我因拿不出參加「三秋勞動」的伙食費，只好在家待了半個月，結果挨了全班同學的「政治批判」。隨後我如願地躲開同學獨自跑到海南島「上山下鄉」，而當地因為我的母校（即北京二十六中學）扣住我的檔案，無從知道我的「出身」，以致長達四個月之久，錯把北京人統統看成貴胄子弟來「信任」，而過後又對我若臨大敵；這一起一落，讓我看穿了枷在我身上的那些「原罪」，看穿了那些我從小就信賴的「正面教育」。也就是從那時開始，我理解了媽媽的心，媽媽的苦，媽媽這個人與媽媽這樣一位母親！從那時起，我再不為自己的命運怨天尤人。

人人都說「文革」是中華民族的一場空前浩劫。而「文革」對於媽來說，則不僅僅是空前一劫，而且這「劫」來得比公眾更早，去得比許多人更遲。在我讀大學時，在我調入《文藝報》的最初幾年，我聽到文藝界的許多同志說起一九六五年毛澤東關於文藝的兩個「批示」。人們都說，「兩個批示」是那場空前浩劫的序幕，可對於媽媽，它們則是又一個十年苦難史的開局。

就在那一年的夏天，一直在中國電影出版社技編室當編輯的她，突然被通知下放到河北省交河縣當中學的英語教師，並且要求她帶著全家人一起下去。至今我無從了解習慣了逆來順受的媽媽，為什麼會死死地堅持把年邁的父母和上初中的兒女們留在北京，隻身前往一個不說凶多吉少、至少也是不容樂觀的所在！直到很久以後，我才知道當年媽就聽過「兩個批示」的傳達報告，由此，我猜想媽早已從文藝界領導們匆匆忙忙把她這樣一批人趕出京畿之地，本能地察覺到了什麼。

那是我第一次送媽上火車。候車室高大得驚心動魄，坐在長凳上的媽單薄得無聲無色。我們幾個孩子，意識到家裡發生了不尋常的事，卻不明白這事的不尋常。在我告別媽媽，走到樓梯口時，不知怎的，我又回頭朝媽坐的方向看了一眼：媽站著，正朝我們這兒望著。淚湧上來，我覺得媽眼裡也有了淚。我不敢再看，拉著妹妹衝下樓梯。幾天後，媽來信了。信上說，媽一直覺得她的兒女中，我的心最硬，母子感情也最差，她萬萬想不到那天晚上會看到我眼裡有淚，這淚逗出了她的淚，整整落了一路淚！

記得媽第一次回北京探親。中午，我和妹妹一道往家走。一走上樓梯，我就嗅到一股熟悉的甜甜香香的體味。我興奮地對妹妹說：媽回來啦！妹妹不信，卻跟著我躥上了樓。媽果然回來啦！後來，媽好幾次提到那件事。媽說我的鼻子比狗還靈！

可媽的鼻子，也許該算一例人體之謎吧。媽到交河縣以後，還沒來得及正式教學生，就被「文革」的鐵掃帚打到了「牛棚」裡，一待就是七、八年。每天的「工作」，除去寫檢查挨批鬥，便是沖洗廁所幹雜工。常言道：人有享不到的福，沒有受不了的苦。記得媽下放前，一餐吃不了半碗飯，還時常鬧胃疼腰疼什麼的。可一連七、八年髒活累活幹下來，她竟被打磨得又黑又壯，吃啥都香，幹啥都不怵。最奇妙的是，她掃廁所久了，鼻子再嗅不出臭味道，可對香氣依然靈敏過人。起初聽媽這樣講，我們都以為媽是在說反話，「黑色幽默」一次而已，日後有意無意地測試過多次，我們幾個兒女，你看看我，我再看看你，不得不信。我請教過不少醫務人員，竟沒人講得出道理，甚至並不真信。這就是媽，連人體科學都破譯不了的生命力！

儘管媽盡其所能，把全家人留在了北京，毫無畏懼地隻身踏上又一段荊棘叢生之旅，驟然降臨的「空前浩劫」依然不肯放過媽和她拚命呵護的一家人。媽媽的工資從一九六六年六月一直扣發到一九七二年。也正是在這段時間裡，我家被抄過三次。在那場獸性大發的民族自戕中，我的姥爺被逼瘋了，逼死了；我的姥姥哭瞎了眼。我的姐姐在工廠裡被「群眾專政」，我的哥哥妹妹繼我之後「上山下鄉」，在河南輝縣農村，每人每天的工分值只有幾分錢。我從一九六八年十二月赴海南，直到一九七一年春節前，才獲准回京探親。此時，哥哥妹妹也回到北京，我們幾個寫信給媽媽和交河縣中學「革委會」，希望能與媽媽在北京過一個團圓年。

就是這樣一個絕不過分的奢望，我們依然無權實現。媽說當地已接到指示，說是因為美國總統尼克森即將訪華，為防止「階級敵人」趁機破壞搗亂，一干專政對象與閒雜人等，在此期間一律不准進京。

媽說，就為這，無論她死說活說，「革委會」也只允許她到天津待四天。於是姐姐妹妹只好留在北京陪伴我年過七旬的姥姥，我和哥哥扒火車到天津去見媽媽一面。

媽老了，頭髮白了。媽的手上裂著一道道血口子，媽的腰疼得直不起來。媽見了我們想哭，卻把淚忍了回去；媽想輕鬆地笑笑，這笑卻引出了我的眼淚。媽仰起臉看看我，說我高了一截，媽再轉過頭去看看哥哥，說哥哥長成了大人。

那一夜，恰逢除夕。辭歲的鞭炮震耳欲聾，冒著風險接待我們的表舅默默地為我們一杯又一杯地斟酒，白酒和紅酒。我不記得媽和我們說了些什麼、說了多久，我更不記得媽喝了多少酒，我們喝了多少酒。我只記得那白酒如淚，那紅酒似血。流不盡，淌不完。

媽的戶口，直到一九八一年夏天，才托人落下。而那時，「文革」的官方說法，是已經結束了五年。當一九九一年二月那個北風呼嘯的下午，我捧回媽媽的骨灰時，我想我沒有權力說這絳紅色的骨灰盒裡，僅僅裝著一位中國女性的苦難。記得在我與媽媽尚無事可業的時候，媽曾悻悻地說過一句話：就算我這輩子再也幹不了什麼了，我那十本譯著也夠我瞑目的了！

我聽了一笑，順手拿起一個紅色塑膠封皮的筆記本。媽一見，竟有些不好意思。

那本子上，有民間驗方，更多的，是「文革」期間許多政治術語的標準英譯。這些，全是住「牛棚」挨批鬥掃廁所幹雜工時期，媽認認真真一筆一劃地抄錄下來的。我相信媽不可能有超凡入聖的政治預見性，她既不可能有機會，更不可能有興趣，向什麼人傳授被褻瀆的她所擁有的，那些同樣遭到褻瀆的文化知識。然而媽就是這樣一個人，一個聰慧過人且癡迷於創造性的勞作的知識女性。

我很小的時候，就聽姥姥零零散散地講述過媽青少年時代的故事。我姥姥、姥爺都是河北省破產農戶的子弟，十來歲時流入天津。姥姥始終是舊式的家庭婦女，姥爺則從學徒慢慢升至小業主。這樣的家庭，本無經濟實力供養女兒讀大學。可媽媽從小學時代開始，就憑著第一流的天份和刻苦，贏得了繼續求學的獎學金。她考上了天津的中西女校。在這所教會學校裡，她練就了一口流利的英語。她又考入了南開大學的英語系，並且從二年級開始，就受聘為兼職助教。由此獲得的酬金，連同年年必得的獎學金，不僅支撐到她大學畢業，而且還能貼補家用。

或許媽正因為有自強不息、發憤上進的青少年時代，解放以後，媽從迫於生計而工作開始，最終又從工作中找到了她的精神支柱和生活樂趣。七、八十年代之交，中國文藝界正處於百廢待興的時期。一天下午，與媽共事多年的兩位叔叔來到我家，說中國電影出版社即將恢復建制，希望媽再次出山。他們走後，媽仍興奮不已。就這樣，落不下戶口也不提任何先決條件的媽，重新走上編譯電影技術著作的崗位。我沒聽媽講起過她再次走進電影出版社時的心情與感觸，我只記得再度出山的媽媽，悄悄染黑了一頭銀髮。我更忘不了媽臨終時，她的書桌上還攤放著兩疊磚樣厚的稿件。飛速推進的科技時代，也許會使媽辛辛苦苦編的譯的二十來部書籍變成明日黃花；市場經濟的畸形膨脹，也許會使媽臨終前編譯的四、五部著述不幸胎死腹中，可媽的後半生，活得允實，活得不凡！

媽病了，平生第一次長臥不起。

長臥不起的媽一天天羸弱下去。

我們不忍告訴她實情，直到那一天，我想用激將法鼓動媽起床，以便讓媽添一分活下去的信心。媽笑了，那了然於心和愴然就死的笑，讓我一下子悟出聰慧非凡的媽早已明察了一切。

我一時語塞。

媽吃力地伸出左臂，輕輕地拍撫著我的手，一言不發。我明白了媽的心願，我知道媽只求快快地結束，安安靜靜地死去！

除了媽本人，再沒有任何力量，可以稍稍遲滯媽媽的死亡之旅。

在人生的最後時段，媽終於允許自己僅僅是自己，隨心所欲地安排自己的生與死。終於獲得了心靈自由的媽，甚至禮貌地謝絕了上帝的蔭庇——

「我曾經信仰過上帝，也曾經信仰過別的什麼」，她對專程從內蒙趕來的一位青年修女這樣說。

媽在床上整整煎熬了四個月，瘦成了一把骨頭。

彌留之際，媽眼望空中，斷斷續續地叫著：娘，帶上我！帶上我，娘！你別走，等等我……

媽走了，卸下裝滿苦難裝滿沉重的擔子，平心靜氣，輕輕鬆鬆地走了。也只是在燈乾油盡的最後一刻，媽才讓我們知道：她也需要、她也渴望一份給她以蔭庇，還她以撫慰的愛。再堅實的建築，也可能在一瞬間土崩瓦解。如果我們幾個早一些意識到這一點，也許媽還能多活幾年。

在姥姥的描述中，媽當年該算一個非常活潑、感情外向的人。這話，我不敢全信。因為，從我記事開始，媽就顯得異常嚴肅、冷峻，不苟言笑。據熊向暉、申健幾位前輩講，解放前，他們在國民黨胡宗南部從事地下工作時，就同媽有很真誠的友誼。他們認為媽為人正直、熱忱，有些事，甚至並不刻意瞞她。媽也不止一次地告訴過我，早在解放前，她就明白這幾位「同僚」在為誰工作，可她既不道破也不往外說；媽說，解放後，若不是這樣一些老朋友提供證辭，她絕不可能順利通過「肅反」那一關。

在我的記憶中，媽也從未特別忌恨過什麼人。哪怕是提及五、六十年代的機關領導，媽也總是說，如果不是他們批准她利用業餘時間編譯些書稿，光靠工資，她是養不活一家人的。儘管提起這些往事、故交，媽總會流露出真誠的感激之情，可媽即使在最困難的時候，也絕少向什麼人乞求。

習慣了一個人咬牙苦撐的媽，在她後半生中，已不再同任何人有過多交往，不再尋求感情的或思想的深層次溝通。險象環生的生存環境和太長久的自我壓抑，早已使本原的她嚴嚴實實地隱匿在厚硬的外殼之中。我想，如果媽也像我們幾個這樣，從童年和青少年時代起，就要開始領悟她後半生的那一派領悟，媽也許會不那麼無奈地看取我們幾個更其厚硬的外殼，不必為我們只有在極特殊的時刻才會流露本原的熱忱和善良而慨嘆不已了。當病魔終於願意親手打碎這環環相扣的生命之鏈，平平靜靜的媽，或許只求速速地除去她終於可以不再負荷的一切。

我們把媽的骨灰葬在佛山公墓，那裡也是姥姥的骨灰安放地。

佛山公墓是幾年前新闢的一處平民墓地。而如今，山上山下布滿了大大小小的墓穴。我想，媽在那裡會遇上許多同命相憐的朋友。

那一天，沒有風。陽光明媚，看似冬去春來時節。

姥爺是個粗人

送走姥爺那一年，我已十六歲，身高也有一點七八米上下。即使如此，記憶中的姥爺依然高大得出奇、粗壯得出奇。

姥爺有多高，我說不好。還記得一九六八年十二月，我將赴海南島「上山下鄉」，姥姥從姥爺的遺物中翻出一條黑布西褲，說你自己改改吧，好歹也算帶了件沒補丁的衣裳去。這褲子，連同一件黑色中山裝，我見姥爺生前穿過，且只在諸如遊行、探監之類正式場合，才穿個一天半天的。穿上它，姥爺顯得挺精神。而此時，為了改得稍稍合我的體，寬裡足足裁下四、五寸，長裡我沒捨得動，怕日後自己再往高裡躥。一年後，我長到了一點八〇米高，當連陰雨終於漚爛了我僅有的這件「行頭」時，褲腳管還捲著四、五匝。

姥爺有多壯，我也說不大準確。還記得小時候家裡有一把寬大無朋的藤椅，倘是姥爺坐上去，就會把它填得嚴嚴實實，壓得吱吱作響。也曾見姥爺幫鄰居搬家：左手拎著個四、五十斤的米袋子，臂裡夾輛自行車，右手提著一只半人高水缸，肩上還馱了個三、四歲的娃娃。

搬家這場景，大約是在一九五九年秋冬時節。我記得，正是在那一年，我家隨同眾多鄰居一道，從北京西長安街附近的一片四合院裡，搬遷到了廣渠門外的光明樓小區。那一年，我八歲，姥爺呢，已七十二歲。七十多歲，該說是「古稀之人」了。可當年，就憑他那筆直的身板，大而堅實的步履，足夠我洗臉用的飯盆，以及總是極好的食慾，極大的食量等等，又有誰能從他身上尋得出半點兒老態呢。

看得出，姥爺對他的身體、他的力氣，也頗為得意。所以，像擦擦抹抹之類零碎活兒，姥爺從來不屑於插手，而大凡瘦小的姥姥、時常頭痛胃痛的媽媽挪不動擎不起的，才是也只能統由姥爺操辦的勞役。照說，十幾年幾十年幹下來，哪路活計非他不可，想必姥爺也是心中有數的，不過呢，每一回重操舊業，姥爺還是必得等家裡人開口求他一求，他呢，也必得先作上一陣子不情願狀，才肯動手，作罷呢，又必得自得其樂地講說上好一陣子。我揣測，對於姥爺，作的樂趣與說的樂趣，大概都是不能不有，難分伯仲的。至於說該由誰來出面求他，人人心裡都明白，倘若是依姥爺的意願，當然最好是媽媽；說到對於聽眾的選擇，姥爺似並不特別地挑剔，一般來說，總歸是人越多越好，哪怕是只剩下我們兄妹幾個在場，姥爺也不致太壞了情緒。儘管，誰都看得明白，姥爺其實更樂意講給媽媽聽。

媽得上班，下了班又得忙著翻譯書稿，自然有足夠的理由拒絕周而復始地走這一路過場。當然，我們也都知道，媽若真想求想聽，分多一點時間給姥爺，也是可能的。

媽卻不。這裡頭，除卻那些年，媽的心情難得輕鬆，大概還因為在姥爺面前，她永遠是獨生女。女兒麼，在父親面前，偶爾耍耍小性子什麼的，不也在情理之中麼。

比方說，媽若想把櫃子換個地方放放，而又不打算開口求姥爺的話，她準會故意選擇姥爺在場的某個時辰，一面在櫃子前後作姿作態地推推拉拉，一面不失時機地朝姥爺待的地方瞄上一兩眼。果然，過不了三五分鐘，姥爺便坐不住了，顛顛地過來，說上一句「這櫃子是你能挪動的？說句話就那麼難嗎」，之後，便情緒很好地任由女兒調度個暈頭轉向。

每逢這當兒，姥姥就會笑瞇瞇地坐在一旁看熱鬧，如同平日看我們兄妹幾個戲耍一般，臉上漾著很是甜美的神色。媽媽呢，有時也會扭過臉來朝我們作個怪相，煞是得意。在我的童年記憶裡，見到媽臉上露出孩子氣的歡快，見到這種純然由家中的長輩們營造出的歡快氣氛，都是極難得的事。所以，每逢這時，就連我們幾個渾不省事的娃娃，也會莫名其妙地亢奮無比。

如此其樂融融的場景，有時候，也會以樂極生悲而告結束。比方說，媽媽的小動作，倘若不留神被姥爺看到眼裡，而我們又偏偏在一旁跟著瞎起勁，很是講究「長幼有序」的姥爺會一下子變得很惱火，為此尋個口實出來，揍我一頓，也是常有的事。明明是媽媽捅的漏子，卻偏偏拉我來頂缸，就是現今回想起來，也還是覺著那一頓頓的揍，挨得著實冤枉。儘管如此，我還是不得不承認：當年父親被一傢伙打入死牢，家裡老的老小的小，像探監、挪動家具、買煤買糧買冬貯大白菜、背扛著我們兄妹看病等等非得有把子力氣不可的活計，若非一直有姥爺頂在前頭，就算是把媽壓垮了，她也絕對撐不下去這個家的。

姥爺的力氣用不完，姥爺幹活也從來不惜力。從事勞作的樂趣與回述這勞作的樂趣，也不是區區一個家庭所能提供的。所以鄰里有事，都喜歡找他幫一把。姥爺呢，也總是有求必應。一旦應下來，又總比給自家作事還投入。姥爺因之享有廣泛而持久的口碑，儘管，有時候姥爺也會因為投入得忘了分寸感，反倒招惹些不尷不尬出來。

一九五九年的那一次動遷，便讓姥爺著實憋屈了好一陣子。當時，居民們接到通知，說是政府要在這裡蓋一座長途電話大樓，為此動員人們搬遷到一片新開發的住宅區去。

在五、六十年代，北京城還不很大。在人們的觀念上，不要說所謂的市區也僅限於古城牆（即現今的二環路）之內，就算是公認的城裡吧，稍稍繁華些的地段，也無非是前門西單王府井三處罷了。而我們將要搬遷去的地界，原是舊京時代外城之外的一處叫作「高氏義地」的平民墓地。按照當時的標準，該說是地地道道的「遠郊區」了。而這一片名曰「光明樓」的住宅區，偏偏又緊鄰鐵道。雖說那年月，中國人還沒聽說過什麼噪音污染之類的詞彙，可從北京火車站進進出出的客貨列車，沒日沒夜地轟響不停，卻是沒有一個人願意承受的。所以，眾人看罷房子，真願意來的，沒有幾個。至於我家，拒絕搬遷的理由，也是人人都知道的：此前三年，正是因為媽媽上班路途太遠、交通不便，才下決心捨了一處獨門獨院，搬到這西單二龍路地區的大雜院裡來的。

媽媽不樂意搬。媽媽的意願，姥爺一向極其看重。

鄰居們也都不想搬。姥爺從來不作對不起街坊的事。

於是，便有人滿臉堆笑地說，您老人家可是咱院子裡推選出來的居民小組長哇，拆遷這碼事，就全托付您啦，好也罷壞也罷，全聽您一句話。

姥爺二話不說，直奔搬遷部門。沒說上幾句，雙方便面紅耳赤地拍了桌子。桌子一拍，麻煩，也就接踵而來。

五、六十年代，各級黨政機構還都很注重自身的公眾形象問題，所以，敢跟「人民群眾」拍桌子耍態度的搬遷幹部，隨即被撤了職。

五十年代末，階級鬥爭的這一根「弦」，也已繃得相當之緊，所以，敢慫恿家裡人跟「人民政府」拍桌子的媽媽，隨即被她所在的單位嚴加訓斥。

雖自知理虧，媽媽回到家裡，還是不免要埋怨姥爺幾句。姥爺聽了，火冒三丈：「今天下午還來找我賠不是呢，說他們年輕不懂事，話說冒啦，讓我別往心裡去。怎麼陰一手、陽一手地，又鬧到你機關裡去。不成，我找他們說理去。」

一聽這話，媽害了怕：「可別，可別再鬧啦，咱是什麼家庭，您老人家真是不知道嗎。再鬧，單位饒得了我嗎。」

姥爺看看媽媽，長嘆一聲，跌坐不語。

如今想來，我知道，媽的顧慮，一點不過分。按照流行過幾十年的政治分類標準和專門術語，姥爺、媽媽乃至我們全家的每一個成員，即使僅僅我父親的緣故，也該算是不折不扣的「反革命家屬」，即所謂「反屬」。既是「反屬」，面對黨和政府打算做的事情，絕是沒有資格去品頭論足，說三道四的。所以，本不該冒冒失失地，把這麼一樁有百害而無一利的事由，包攬到自家懷裡。退一萬步說，真若陰錯陽差地自討來了這一路沒趣，照說，不也沒半點理由，大驚小怪，憋屈難耐才是麼。

自家的底子「潮」，說話辦事不硬氣，這一層心病，要說姥爺全然不知，只怕連我也不敢信。雖「自知」，卻「知」得如此地懵懵懂懂，傻呆呆地逕直朝槍口上撞，撞出麻煩來，一時間，偏偏又是那般地想不通，解不開，忍不下，想來也唯有姥爺這樣的人，他那樣的脾氣稟性，才會如此。

姥爺只念過三年私塾，為人處世的規矩道理，大多來自他的人生履歷。他十五歲時，獨自從農村闖進天津衛，作學徒、當店鋪伙計、搭幫作生意、合夥辦農場……，就這樣，一路拳打腳踢，呼朋引伴，東突西奔，漸次打造出一份屬於不很愁衣食的市民階層的前程。在這個過程中，或是由於天性，或是有太多的見聞親歷，鑄成了姥爺急公好義、口快心直、不計前嫌、敢做敢當的性格個性。還居北京之後，在社會意義上所說的身分職守，雖僅只有了「家庭婦男」兼「反屬」兩項，姥爺卻無意把自己的人生舞臺，僅僅龜縮至四堵牆之內。

鄰里的私事，街道的公務，沒一樣，姥爺不熱忱地關注，積極地投身進去，亢奮得忘了自己。憑著這份熱心腸，憑著幹活不惜力，姥爺一帆風順地換來了鄰里的好口碑，與「居民小組長」的「官銜」。這口碑，這頭銜，則讓他幾乎忘記「反屬」這兩字，彷彿他已經和一直就是黨和政府的「娘家人」。

黨和政府正在宣講的，姥爺全都相信，統統擁護；黨和政府發動百姓作的，姥爺更是沒有一樣不是毫不遲疑地投身進去。當然，我必須申明一點，那就是：姥爺這樣做、與這樣做的姥爺，在當時，不會令任何人感到奇怪。因為，這，其實也正體現了五十年代的國情民心和黨群關係。唯一值得「注釋」一下的，是我確信姥爺這樣說和這樣做的時候，他心裡沒有半點詭詐，「偽裝自己」的念頭，他老人家甚至想也不曾想過。所謂人生在世，哪怕僅僅是為了保全自己，有時候也只能朝自家心裡頭，擱點子鬼心眼兒進去，這一類的處世之道，漸漸成了「時代潮」，就更多的國人而言，該說是六、七十年代以後的事。至於姥爺，直到他沒了正常的思維能力之前，他一向認定，對外說的做的，與內裡藏著掖著的，如果全然不是一碼事的話，那可絕對不該是男人幹出來的事，甚至算不上真正的男人。

自認從不曾與黨和政府隔著心，卻偏偏撇開了快言快語、敢做敢當的他，經由一個遠比區區街道，級別高出許多、權威大出許多、招牌正規許多也響亮許多的「中央直屬單位」，瞄準他的最是不敢多說半句的女兒的頭上，冷不丁地，砸下了這麼一錘。這一錘，砸得他驚詫，砸得他憋屈，砸得他寒心。

姥爺沒再找「公家」理論，他只是在老鄰居面前，如若魯迅筆下的祥林嫂一般，叨叨了好一陣子。看得出來，為這，媽也曾懸了一段心。所幸，鄰居們幾乎沒有落井下石。他們只是以置身事外的默然，觀望著事態的發展罷了。

姥爺沒了半點底氣。

我們一家，於是成了第一批得以「動員」出去的住戶。

為此，姥爺卻覺著彷彿自己出賣了誰一般。他頂著媽媽和姥姥越來越強烈的不滿，一次次地把本可以分配給我們住的房屋，讓給同樣相中了它們的鄰居，並且親手幫著每一戶老街坊搬出老院，搬入新居。

儘管如此，我知道，至少是在人們大體適應了新的居住環境之前的那一段日子裡，姥爺還是被鄰居們明裡暗裡地譏罵了個不亦樂乎的。

如今回想起來，我敢說那段日子，對於一向極看重口碑的姥爺來說，是很不那麼容易捱熬的。不然的話，在那段日子裡，想必我也不會那麼頻繁地充當了他的出氣筒。

起意搬家之後，姥爺即絕口不再提那件事。這期間，一向閒不住的他，時常會癱坐在他的那把大藤椅上，呆呆地望著天邊的落日，以及被那落日映襯的雲與霞。沒人知道他想了些什麼，房間裡籠罩著死一般的沉寂。偶爾，姥爺會收回目光，將視線一寸寸、一遍遍地移過整個房間。當這種頗為蹊蹺的眼神，不經意地從我的臉上滑過時，我很怕控制不住，尖叫起來。

這段日子，大概也是我少年時代過得最心驚肉跳的一個時期。這倒不僅僅是，甚至更該說不主要是太過頻繁地挨揍的緣故。因為，新搬遷來的地方，本身即足以嚇壞剛剛八歲的我。

此時，這片住宅小區，雖已蓋起了二十來幢四層樓房。只是，住戶還少，路是土路，路燈也有好一陣子沒接通。樓前樓後，坑坑凹凹，荒草遍地。到處是半敞半埋的棺木和墳丘，隨處可見一堆堆污濁的白骨，一片片散發著腐臭的屍衣。恰值初冬時節，夜幕早早地落下，西北風鬼哭狼號，一團團砂石枯葉裹屍布，捲地而起，直撲窗前。百米開外，猛地傳來一聲尖厲的汽笛，陰森森的窗外驟然罩上刺眼的白光，一列火車從鐵軌上，隆隆碾過。門與窗，隨即發出一陣劇烈的顫抖。停電，隔三差五地停電。獨自睡在相當於吃飯間的小屋裡，我把自己緊緊地包裹在被窩裡，而此時，白天見到的那具被火車碾作幾截的女屍，正黏在我的眼前，怪笑……。

媽媽下班回來，黑燈瞎火地迷了路。如同「鬼打牆」一般，她圍著自家住著的樓房，足足繞了一兩個小時，也沒能摸尋到我們住的這個單元。

媽跌傷了，姥爺看了，很是心疼。

迷過路，摔過跤的，不止媽。

頗「迷信」的姥姥慨嘆不已：「哪塊骨頭，不是活人變的。咱們掠占了人家的床穴，還把人家東一把西一塊地拋到野地裡，車碾馬踏，人家能不惱麼。」

沒人知道姥爺從什麼地方買來了那把闊大無朋的平頭鐵鍬，沒人注意到姥爺從什麼時候開始他的「整治居住環境工程」。首先是我們出入的必經之路，以及從我們的窗子一眼即可看它個正著的地域，爾後是我們住著的這幢樓房，以至呈品字形排列的這三幢樓房的整個周邊地帶。

印象中，這工程曠日持久，幾乎一直延續到「文革」爆發，才被迫驟然「下馬」。

在這期間，姥爺把樓前樓後此起彼伏的墓穴墳丘，一個個地填平；把隨處可見的白骨、屍衣、棺材板，一塊塊撿斂起來，掩埋到鐵道兩側的林帶間。

當姥爺從事這項頗為浩大的工程時，人人見了，都會送上三五句很是中聽的話，卻個個忙得沒時間給他搭一把手。姥姥媽媽看不過去，卻又根本勸阻不住他，有時候，也就只能指派我去幫他幹上一陣子。給我的回報呢，通常是說哪件事本該狠狠揍你一頓的，現在呢，改打為罰，讓你去給姥爺當小工，願意不願意？

我雖小，卻極懂有關「長幼之序」的那一整套遊戲規則。而其中之一，便是：大凡太有辦法對付你的什麼人，在太有辦法整治什你的時辰，偏偏允許你在他的股掌之間有所選擇時，最聰明也最現實的選擇，便是先辨認準確人家的意圖，爾後，再決定是不是把這當成你自己的意願，很是無所謂地或者相反——很是熱切地講述出來。當然，這麼做，逗沒逗出對方一星半點兒的詫異，倒在其次，避免人家再借上你自己的嘴尋出新的罪名，才是當務之急。也因此，每逢這時，我也便說不上高興還是掃興地跑去幫著姥爺幹上幾個時辰。

當然，對於我來說，真正勞而有酬的時候，也是有的。我還記得是在我十歲那年，大約是在寒假期間，近午時分，我正跟著姥爺填埋樓前的一個丈來深和寬的大土坑時，姥姥把我喚上樓去，小心翼翼地解啟掉層層包裹，取出來半個烙餅，說道：你吃了吧，小孩子家，幹那麼重的活，餓著肚子哪成呀。

半個烙餅，相當於一兩麵粉。可那是什麼年月，是所謂「三年自然災害」期間呀。我再混不省事，也知道這是姥姥名下的半個烙餅。給了我，她今天中午，就只有二兩糧食充饑了。

這半個烙餅，良知告訴我不該吃，肚腸卻嘰嘰咕咕地一逕催我快快吞下去。我不知更該聽誰的。

我拿上烙餅，一溜煙似地跑去找姥爺。姥爺剛一見到我手上的烙餅時，那眼神中的欣喜與貪婪，足令一個成年人又驚又懼。可是，待我結結巴巴地講清原委之後，卻見姥爺費力地嚥下一口唾液，很威嚴地說了一句「給你吃就吃，囉嗦什麼」，便掉轉頭去，接著忙碌。

沒有真正挨過餓的人，也只怕很難想得明白，姥爺此時能把臉轉過去繼續幹活，竟有多不容易。

有幸經歷過「三年自然災害時期」的中國人，想必都能講出幾段催人淚下的故事。那時我還小，又住在「世界革命的心臟」地帶，太慘烈的饑饉場景，自然沒見過，也講不出。而且，因為我家恰巧是趕在這場天災人禍之前搬遷到了光明樓住宅小區，以致在相當一段時期，作為孩童的我，竟誤以為所有的饑餓與匱乏，僅僅源於我們從城裡搬到了城外呢。

這種誤解，想必姥爺絕不會有。感知饑餓的神經，對於饑餓的情感的和理智的體察，我相信姥爺要超過任何人。

這是因為姥爺不光人高馬大，氣力過人，其食量之大和食慾之佳，更是常人無法比擬的。也許是因為父親早在我記事之前便已打入死牢，容我在家居環境中近距離地看取成年男子的唯一途徑，便是眼前活動著的這位姥爺。因而關於男人，我從姥爺身上獲悉的最初始的注腳，便是力大飯量大、膽大脾氣大之類。

想知道姥爺的胃口有多大，只消看一看他老人家專用的食具。我們吃飯，用碗，姥爺吃飯，用盆。那盆，是一只綠色的搪瓷盆，盆徑約有一尺。據姥姥說，這只飯盆，是姥爺在他過六十歲生日的那一天親手買回來的，說是往後年歲大了，腿腳不靈活了，用這麼個飯盆盛吃食，吃飯的時候，起坐個三兩次的，也便吃飽啦。

姥爺不光飯量大，食慾更是堪稱一流。印象中，姥爺從不忌口，他喜歡吃肥肉，吃海貨；主食方面，他最愛吃一種以西葫蘆絲和白麵糊糊為原料攤烙的叫作「蘆溻子」的鄉間食品。他不愛吃大米，說大米飯最不經消化，吃下去，一兩個時辰便會覺餓。除此之外，我覺得姥爺似乎再沒有什麼東西不愛吃，而且，通常也沒有什麼事情，能破壞得了他的好胃口。

在姥爺看來，吃飯是一種很莊嚴的人生儀仗。碗筷在手，坐要有坐相，吃也要有吃相。

在飯桌上說笑吵鬧，是他絕不能容忍的。長輩在座，不可以先行離席。長輩倘若放了筷子，再沒吃飽，也得罷手打住。舉著筷子不夾菜與揀著愛吃的菜夾個沒完，咀嚼出太大的響動與咀嚼得露出了齒舌，等等，等等，一概是極入不得眼的劣習。

就這樣，姥爺用諸如此類的說教，一次次地蕩滌著我們寄予飯桌的童趣，堅韌地將我們僵化在有關進餐的一整套程式裡。沒了胃口的我們，在飯桌前的主要樂趣，便是看著姥爺面前小山似的飯食，怎樣經由一陣迅疾有力咀嚼，變得無影無蹤。姥爺大口大口地吞嚥著，紫紅色的臉膛上，滿是喜色。我們看著看著，不由得也被逗起了食慾。

如此食量如此食慾的姥爺，偏偏撞上了「三年自然災害時期」，該說是他老人家此生中很大的一項不幸。有肉，每月每戶二兩；有海貨，每季度每家一斤；有油，每月人均一兩；有菜，每日人均二兩；有糧，每月人均二十來斤。

當時的說法，是遇上了空前的自然災害，而「蘇修」又偏偏撿這個當口逼我們還債。這理由，很充足，而且當時也是沒人不相信。

揣著這麼充足的理由，有關部門派幹部深入到居民之中，動員人們把各自的糧食定量，再捐獻些出來。

我還記得那個動員會。主持人講得口乾舌燥，會議從午間持續到了傍晚。人們不置可否地坐著，偶爾也會海闊天空地講說一陣，卻沒有一個人肯報個實打實的數字出來。

「獻多獻少的，總得有個結果吧，要不然，咱這會不也沒辦法散麼。天這麼涼，總不能讓大夥在這墳丘旁邊坐一夜吧！」臨了，主持人無可奈何地甩出一句。

姥爺不知哪兒來的一股子豪爽之氣，一傢伙站了起來，應聲說道：「我減兩斤，讓街坊們回家歇歇吧。」

主持人一下子來了情緒，會，也便越發不可能散了。

眾人終於不便再硬撐下去。

會散了。

姥爺邁著沉沉的步履往家走，身前身後，人們在指桑罵槐地數落著他。

沒有人說得出此刻他在想些什麼。

這就是姥爺，那個總是喜歡被什麼人什麼事求助一番的姥爺。

姥爺為此付出了慘重的代價：他是小區居民中最早出現浮腫症狀的人。先是腳部和小腿，後來是手臂和面額。腫脹難捱，坐臥不寧，平生最忌煩尋醫問藥的姥爺，只好去醫院診治。

好在，那年月，醫院無論大小，都開設了浮腫症專科。診與治，都簡潔無比：醫生按一按患者的浮腫處，酌情開給幾粒乃至十幾粒「營養丸」，說上三、五句話，費個兩、三分鐘，就算了事。雖如此，候診者太多，排隊依然不失為一項體力活兒。這活計，對醫生對患者，是同樣地單調乏味，可當年，經由這一道程序才可換回來的「營養丸」，卻是餓得無可奈何的人們尚可企及的唯一奢望。至於所謂的「營養丸」本身呢，我記得它大小如同普通的中藥丸一般，呈黑赭色，據說，吃到嘴裡，有一股發了霉的豆腥氣。

除去這一路「營養丸」，姥爺還吃過很長一段時間的「小球藻」。

「小球藻」是一種水生的單細胞藻類植物，很容易伺弄。尋來藻種之後，放在大一些的玻璃瓶罐裡，瓶罐裡注滿清水，酌加些乾酵母，爾後放在陽光下曬上幾天，水便逐漸綠起來。待綠得可以了，就可以享用了。吃的時候，先要往水裡灑少許白礬，攪上一陣子，「小球藻」便逐漸沉降到水的底層。把這一層綠液煮沸，就可以喝了。喝這玩意兒能不能充饑，只有天知道，可當時，從單位到個人，搗鼓這東西的，實在不少，據說也是經專家論證過的，一種極有營養的吃食。

就這樣，患著浮腫症的姥爺，日日靠著六、七兩糧食，一兩粒「營養丸」和一兩盅「小球藻」，起早貪黑，繼續著他修葺樓區環境的浩大工程。

他老人家沒有死在那場「自然災害」裡，該說是一種奇蹟。

沒有誰指派他去幹，也沒有哪一個機構注意到他，更不要說給過他什麼報酬。

此時，姥爺好像也不再是「居民小組長」。他的頭銜，是僅僅因為搬來這裡，沒有接上「關係」才弄丟的，還是因為六十年代，黨的階級路線甚至已然廣泛深入到了「街道積極分子」的任免事宜，我從沒認真想過。姥爺呢，看來也沒太往心裡擱這碼事。尤其是，隨著時間的推移，越來越多的新老鄰里，漸次從一時一事的恩怨得失中超脫出來，終於對姥爺的為人，表示了由衷的和恆定的敬重之後，姥爺的心裡，該說是相當坦然與平靜的。想想看，甚至樓上樓下住著的小倆口，一時鬧了彆扭，也每每脫口道：走，有本事，咱找王大爺評理去！作為一個理當僅僅是「反屬」和「家庭婦男」的平頭百姓，能憑著自己不變的正直與熱腸，活到這個份兒上，還會很介意並不在平民階層和家居生活的視野之內的或人或事麼。

若非在鄰里間，享有如此持久深厚的口碑，「破四舊」那陣子，姥爺勢必橫遭酷刑。這一點，不要說我們，就連姥爺本人，也深信不疑。

最早破門而入的「紅衛兵」，是北京市第五十中學的一群初中學生。引路的，是我家樓下住著的一位姓豈的高鄰，帶隊的姓李。這兩位，姥爺認得，我們也聽姥爺念叨過。

那是幾個月前的一個下午，這二位，正合夥欺負一個十一、二歲的小娃娃，被姥爺撞見，不由得走上前去，欲加訓斥。殊料，幾句話一說，對方惱了，仗著體健腿腳敏捷，口裡噴著咒罵，邊跑邊撿了磚頭土塊惡狠狠地朝姥爺身上拋擲。姥爺緊追不捨，一直攆到二人的學校裡。校長班主任聞訊趕了來，這二位，被訓斥一番，並且被迫向姥爺賠了不是。

有這麼一樁「前仇」，此時二人率隊殺氣騰騰地闖進來，當然不僅僅是為著「替天行道」。該砸不該砸的，統統砸了；該抄不該抄的，統統抄了；放著糧食的房間貼上封條，連擀麵棍菜刀之類，也為防範我們「階級報復」而席捲一空。就這樣，從午夜一直鬧騰到黎明時分。「小將們」押上姥爺，準備班師回營。

他們來的時候，雖是深夜，樓上樓下，遭抄家挨毒打的，各式各樣看熱鬧的，哭的叫的罵的，卻連成了片。一見「紅衛兵」要押走姥爺，自恃根正苗紅的幾位鄰居出面攔著，都說這老頭是好人，我們也都是「紅五類」，絕看不走眼。

或許是因為「破四舊」伊始，小將們在成年人面前還有幾分怯懦。經過一番交涉，他們很不情願地允諾不給姥爺動肉刑，而且同意鄰居們到場監督。

就這樣，中午時分，姥爺太太平平地回來了。他說，「紅衛兵」沒打他，甚至沒有審訊他。只是讓他很近很近地觀看「黑五類」受刑。起初站著看，後來站不住了，經鄰居們說情，還給他拿了一把小馬扎。

姥爺沒有細說他所見到的種種，只是心有餘悸地說了一句：真是慘呀！

第二天清晨，我們兄妹還在夢裡，姥爺手忙腳亂地把我們喚醒，說他朦朦朧朧地聽見有人開門出去，睜眼一看，姥姥不在床上。屋裡屋外，樓上樓下，都沒找到她。

姥姥小時候纏過足，三、四寸的小腳，就是走平道，一步也挪不了半尺遠，所以，自從搬到這樓房裡，六、七年功夫，從沒下過樓。昨天剛被抄了家，今天姥姥不待天大亮便獨自溜出家門，她想去幹什麼，不是再明顯不過了麼。

懸疑只是她去了哪兒。

鐵路，離我們住的地方不過百步之遙；往南，大約走上一刻鐘，就是龍潭湖。在龍潭湖東側，還有一條護城河。自打「文革」開始，這三處，成了許多人赴死之首選。

於是，我們兵分三路：我沿著鐵道搜尋，哥哥去護城河。龍潭湖面積大，所以去了姐姐姐夫妹妹姥爺他們四個。

最後，還是姥爺在離龍潭湖邊只有白十米遠的地方，找到了累得再也挪動不了半步的姥姥。

聽姐姐說，姥爺一見姥姥，老淚縱橫，哽咽片刻，沉沉地說：我們老倆口，磕磕絆絆地過了幾十年。活到了這個歲數，死也好，活也好，都算不得什麼。可是，女兒在外地，把家托囑給咱倆，咱不能撒手一死，讓她作難。再說，咱們真是老死病死，也便罷了。自己尋死，可就給女兒找事端啦。自己的骨肉，咱們不疼她，還指望誰疼她。千難萬難，你得幫我撐下來。我一輩子不求人，如今呢，開口求你一回。應了，咱倆一道回家去；你若是覺著應承不起，咱倆就手拉手投到這湖裡去。

就這樣，姥姥一步挪不了半尺遠地，跟著姥爺緩緩走回家。從那一天起，一直到「文革」結束，一直到因病去世，姥姥再沒動過自殺的念頭。儘管，在這漫長而艱辛的過程中，姥姥經歷的磨難，絕是姥爺說這番話時，根本不可能預見得到的。否則，我相信他老人家絕是沒半點理由，開這個口的。

姥姥能夠默默地承受至最後一息，當初我們誰也想不到。同樣令全家人大惑不解的，是姥爺的迅速崩垮。或許是那段日子我們的注意力還在姥姥身上，或許是因為在逆境中長起來的我們確實變得麻木不仁，直到有一天，我們愕然地發現姥爺對著半空，急赤白臉地辯解不休，所有的人也才都明白：姥爺的神經，出了毛病。

神經失常的姥爺，時常陷入幻聽與幻象裡。每逢這時，姥爺便會焦躁無比地說個不休。沒人聽得懂他在說些什麼，句與句、詞與詞的恣意組接，恰似孩童們在紙上隨心所欲地塗抹的顏色。唯一可以確認的，是姥爺似乎總把自己設定在需要加以辯解和剖白的位置上，卻無論如何也辯解不了，剖白不得。為此，他會變得越發焦躁不安，張惶失措。有時，我們故意站在他的面前，直視著他的雙眼，對他說出的每一句話每一個詞，頻頻表示認可，表示讚賞。

在我們堅韌地站和說上好一陣子之後，姥爺會猛地清醒過來。這時，他的臉上，便會突然顯出濃濃的愧色，如同自知闖了禍的小孩子。

姥爺的病情一天天加重著。媽媽扣了工資，家裡可賣了換飯吃的物什也越發難尋。拿不出錢給姥爺治病。姥爺同我們吃一樣的飯食，同我們一樣地餓一頓飽一頓地捱過一天又一天，一月又一月。

幸運的是，姥爺沒有拖得太久。

在一個黎明，姥爺從廁所出來，回到床前，仰首躺下。或許是想躺得更愜意些，姥爺伸出左臂，拉了一下床欄杆。

姥爺停止了呼吸。

這一年，姥爺已是八十歲。

登門弔唁的鄰居，絡繹不絕，其中，包括樓下豈家的兩位長輩。

姥爺的壽衣，是我給穿上的。這也是我平生第一次擺弄一個不再有生命的軀體。冰冷，綿軟。

姥姥說，人呀，人這一輩子可真說不好。姥爺總嫌棄你不聽話，打起你來，從沒個輕重。哪承想，臨了，還是穿著你給他換上的衣服上了路。

我知道，不要說是我，但有可能，姥爺是絕不會求助於任何人的。儘管，他是那麼地熱衷於被求助。倘若再是親人，是朋友，是姥爺敬重的什麼人，一旦朝他開了口，姥爺給予的承諾，甚至可以不顧惜自己的身家性命。

日寇侵占天津之初，姥爺的一位摯友，不知什麼原因，被占領軍盯上了，只好連夜出逃。臨行前，他將一小包地契房契債據，托請姥爺保藏。姥爺二話不說，慨然應允。不久，同樣的厄運，也落到了姥爺的頭上。而當姥爺帶著姥姥倉皇出逃之際，那一小包契據，即裹藏在他們唯一的行囊裡。儘管，此後姥爺到過許多地方，搬遷過無數次，也儘管他的那位朋友，直到姥爺去世也再無音訊，那一小包契據，姥爺卻始終沒有丟棄。「紅八月」期間，若不是姥姥趕在「紅衛兵」破門而入之前，把契據藏了起來，不要說姥姥本人，就是姥姥乃至我們幾個，也會因為查抄出這麼一堆「變天賬」，而死於非命。

如此重情義，重然諾，或許，這正是唯姥爺那一輩人，才可能普遍具有的一種人生準則，一種人際關係和人際感情。此外呢，我猜想，似也與姥爺的個性，不無關聯。比方說，如此喜歡聽上個「求」字，對於高大威武的姥爺來說，無疑包含了一種居高臨下的自負與虛榮。這樣一種「自我定位」，在某些時候，在某些人看來，或許會顯得咄咄逼人了些。但從小到大，我見姥爺面對任何一種求助，無論它來自家裡人還是所謂外人，卻從不嘲弄，從不怠慢，但有可能，也從不回絕，我又不能不認定：姥爺，其實是天底下最不難求也最不難相處的一個人。所以，平心靜氣而論，姥爺也無非是喜歡聽人說上一兩個「求」字罷了。

姥爺雖然對一切有求於他的人和事，總會予以格外的重看和投入，但從小到大，我卻絕少見他向什麼人開口求援，哪怕是他分明有足夠的理由和資格。我記得姥爺時常講起一句話，叫作「上山擒虎易，開口求人難」。我說不好這是不是他的座右銘，只是覺著他對這句話的理解與實施，頗為怪異。

時下，有一首歌很是風行，內裡有「只要人人都獻出一點愛」，這世界就將變得如何如何……這樣一些詞句。這歌、這詞之得以風行，足證這樣的詞曲，編得有多地道、多動聽。只是，若非真地痛感了茫茫人世間，能夠獲得一點真誠的關愛，居然能有那般不容易，即便面對著的，還不只是一點點愛心，而且是完完整整的一顆心，又怎能真地看得出、看得上、看得珍重無比呢。

如是想來，在是不是人人都能、也都肯輕而易舉地就把自己的愛心奉獻出來的這一類問題上，姥爺當屬並不太敢過於天真浪漫的那一派。而生逢一個遠非人人都能、也都肯獻出一點愛的世界，我們自己是不是更該標明一種人格，一份好意，在這一類問題上，顯然姥爺又屬於很是天真執著的那一派。至於這樣一種個性，該說是姥爺生性如此呢，還是痛定思痛之所得，我說不好。

關於姥爺的身世，我知道的委實有限。據說，他出生於河北省鹽山縣一個普通農民之家。他的家大概不太窮，因為據姥爺說，他的爺爺日日離不得酒。姥爺十五歲那年，因為偷喝爺爺的酒，遭了一頓暴打，覺得很失面子，於是懷揣十五個銅錢，闖進了天津衛。

姥爺學過徒，經過商，開過煤鋪，種過地。「五四運動」時期，作為天津總商會的活躍分子，還參加過反對「二十一條」的罷市遊行什麼的。據姥爺說，這期間，他還與周恩來、馬駿等人，有過不少接觸。若不是已然有家有室，被拖累住了身心，從此入了革命的營盤，怕也只是轉念之間的事罷了。

對這些，我將信將疑。不知為什麼，我覺得姥爺作不來革命家。

姥姥說過，別看姥爺人高馬大脾氣暴，膽卻小，心卻軟。

姥姥說，三四十年代，河南鬧災。姥爺受朋友之托，前去催收一筆貨款。姥爺抵達河南的頭一天，投宿在一家雞毛小店裡。因為水土不服，拉開了肚子。正在廁所裡蹲著，就聽牆外有幾個人悄聲議論說「新到的那外路人又高又胖的，等他睡下了，把他一宰，準夠咱們吃上好幾日呢」。姥爺聽了，嚇得整整一夜楞是沒敢合一合眼。

姥姥接著說，「破四舊」那陣子，姥爺若真是挨上幾下子，死不了也瘋不了。偏偏讓他臉對臉地瞧著人家動刑受刑，不把他弄瘋啦弄傻啦才怪！

我記得，事隔「紅八月」二十年之後，在夏天的一次聚會上，酒酣耳熱之際，在座的一位，舒心地笑著，講起了他在「紅八月」時的一段親身經歷。他說那時他在天津。有一晚，他與同伴們抄了一個資本家的家，並且決定「折騰他一夜」。各種招術用罷，還是覺得沒有「玩出」多少新鮮感。於是他靈機一動，翻撿出一支玩具手槍，在燈影裡晃晃，聲稱抄出了手槍，喝令資本家從實招來。受刑者嚇得魂飛魄散，一頭撞破窗戶，墜樓身亡……。

那一天，天氣也很炎熱。在場的人，在空調機送出的陣陣清爽中，開開心心，說笑不停。笑不出來的，唯有我。他的故事，讓我一下子憶及那期間，我見識過的那種獸性的瘋狂、道德的淪喪、施虐與私刑的野蠻、人性的轟毀和人身的無保障。

任誰也很難悉數當年我的那些同齡人彷彿在一夜之間，勃發的那許多不恥於人類的行徑及其所導致的人間慘劇。然而，至少在當年，他們的行徑，卻被社會堂而皇之地予以支持和認可。這種種令人毛骨悚然的獸性與殘暴，雖只是在「紅八月」那樣一個極其特殊的時刻，才得以如此肆無忌憚地顯現出來的，卻是與我們這一代人的胎教中，原本不該有的和原本不能沒有的種種東西，一脈相承。

在紀念世界反法西斯戰爭勝利五十周年的日子裡，當年惑於法西斯主義鼓譟的日耳曼民族，對於猶太民族施加的種種暴虐，被重新昭示在世人面前。似乎也是直到這時，我才算悟出：原來，國人所成就的「紅八月」及之後的十年「文革」，也無非是作為一場本民族的自戕與自殘之劫，才堪稱史無前例罷了。那麼，所謂遍地是革命英雄主義和革命理想主義的五、六十年代呢，是不是也已含了必然地通達這「史無前例」的種種呢？

我說不好。我相信，願意認可的這樣一種思路的，絕不會太多。正像我的同齡人中，迄今絕少有誰公開地表示過「悔其少作」。

在一九八八年的夏天，當眾講出這個如此精彩的故事的人，早已經有了妻與子，並且是一位很受上級器重、也極受下屬敬重的從事輿論宣傳工作的中層幹部。

在他這樣開心地講笑之前，我們是很好的朋友。

有過這一幕，我覺著，我們沒能留存姥爺的骨灰，倒也對。

姥姥的目光很慈祥

凌晨三時許，姥姥停止了呼吸。

對於她，這也許不該算是一件太不如意的事。姥姥雙目失明已經有一年多，即便多捱上幾個時辰，不是也看不到黎明的風景麼。

自從三個多月前，姥姥病弱得起不了床，人人知道姥姥大限已至。有一度，我們甚至對如此單薄瘦小的姥姥，竟能在死亡的陰影下，掙扎了這麼長時間，頗感意外。

然而，事到臨頭，媽還是慌了神，一逕可憐巴巴地叨念著：怎麼辦，可怎麼辦呀。

好在，此時我們幾個，已然長大成人。

天一亮，哥哥出去聯繫殯葬事宜。我對媽說，把衣服給我吧，我去給姥姥穿上。別跟著，讓我一個人去。

哪知，僅只兩三個時辰，姥姥的遺體，已有些僵硬。褲子還好辦，難的是上衣的兩隻袖子，左穿右套，還是過不了附。

一著急，我竟忘了姥姥已不在人世，順嘴說到：「姥姥，您要出遠門，媽讓我給您換身新衣裳。這屋裡就我一個人，求您老人家幫幫我，容我把這兩袖子給您穿上。」

說著說著，就覺姥姥的臂附彷彿變得鬆軟了許多。接下來的一切，居然都很順暢地完成了。

另一個意外，便是我在放平姥姥的遺體時，從她的口中，湧出了一灘黑赭色的液體。或許是病變的膽汁吧。

在姥姥臥床不起之後，醫生說她的肝膽部位，可能有很大的麻煩。只是，姥姥的年齡和體質，都已不容她再受顛簸了。

就這樣，姥姥沒能去醫院，在自家的床上，度過了她最後的一段人生旅途。

姥姥靜靜地躺著，表情永遠是那般地從容、安祥。倘若我們坐到她的床邊，姥姥還會如往常那般，和顏悅色，慈眉善目，有問有答。儘管，人人都知道，她，其實被病痛折磨得死去活來。

病臥不起的姥姥，幾乎從不呻吟。她說怕我們聽了，心裡難受。就是在病痛折磨得她蜷縮成一團、痙攣不已的時候，姥姥也必得先問清楚此時是不是白天。問明白了，才容許自己低低地哼叫幾聲。她說，深更半夜地喊叫，旁人還睡不睡。

在她臨終前的一段日子裡，當她羸弱得坐不起身，為著每天少排泄幾次，姥姥尋出種種托詞，大幅度地遞減了進食與進水。她說，養不好的病，再整天擦屎擦尿地拖累你們，何苦。再說，弄得屋裡臭烘烘的，也讓人笑話。

姥姥沒上過學，一生圈在家居環境裡，卻能如此坦然地面對病痛和死亡；直至生命的最後一瞬，依然如此寬厚地體慰周圍的每一個人。說起來，就連我，也覺得那般地不可思議。然而，這所有的一切，發生在姥姥身上，又是那麼地自然而然，一以貫之。

唯其自然而然，一以貫之，所以姥姥從來不像媽媽或者姥爺那樣，是家裡眾星拱月、一言九鼎式的長輩。雖說小時候我也挨過姥姥的打，可是，憶及童年事，浮現眼前的姥姥，總是在善善地笑著，細聲細氣地說話，悄沒聲地挪動著一雙小腳，在家裡走來走去，忙這忙那，從早到晚。

這情景，伴著我們兄妹從小到大。兒時的我們，卻絕少留意姥姥每天要幹的活計有多少，更不會設身處地，細細想一想這種日復一日、年復一年的勞作，究竟需要付出怎樣的韌性和體力。

五、六十年代，國人還沒用上洗衣機，更不會像現在這樣，可以靠店鋪裡買來的主食，打發一日三餐。那時代，就連縫紉機也在配給之列，普通人家，難得一見。而人人穿的蓋的，又都是太容易磨破的棉布製品。至於布票，那可是極其有限的配給品之一。所以，一家五、六口人的縫洗漿作、一日三餐，在十幾二十幾年間，全要靠姥姥須臾不停的雙手，一點點地操辦妥貼。這份職守，顯然並不那麼容易承擔。

然而，所謂家務勞動，連同承起這勞作的所謂家庭婦女，無論是當今，還是在舊時代，都只是社會生活中，為所謂的正史絕少留意的區區細部。儘管，我深信，一位白髮蒼蒼的老奶奶，鼻梁上架著一付老花鏡，盤腿坐在床邊，神態安祥地縫補著什麼，這樣的一種場景，連同它所點染的家居生活氛圍，對於一代又一代的中國人來說，竟是何等地熟悉和溫馨。

話雖如此，對於一代又一代的國人來說，家務勞動偏偏又是天底下一種最不起眼的付出，以致操持家務的人，每每也一併掩隱於家務之中。正如姥姥：直到我十七歲「上山下鄉」離開家門，姥姥在家居生活中的存在，始終如同空氣那般，人人須臾離不得，卻個個輕易察覺不出。

中國人大概是天底下最推重「成熟」的一族。而國人的成熟觀中，能夠見怪不怪，處之泰然，則一向占有相當的比重。所以，姥姥從來不很計較我們是否注意到她的勞作，是否對於她的勞作表示了應有的尊重。她只是盡心盡意地操勞著，彷彿這一切都是她的一種人生義務，一種與生俱來的生活習慣。

說起來，憑姥爺和媽媽在舊時代的財力地位，姥姥想必有過很長一段不愁吃喝穿用的日月，怪的是，這經歷，卻看不出在她的性格中打上什麼烙印。相反，姥姥如同從小到大，過慣了清貧日子的平民婦女一樣，對於五、六十年代極講節儉、也確實不容你不竭力節儉的生活方式，絕無牴觸，應裕白如。

燒過的煤球，一個個揉搓碎了，沒燒透的那一點點煤核，積攢起來，重行改製回爐；

吃茄子，茄柄絕是不會丟棄的，只肯把柄上的那一層木質剝離、丟棄；

淘米水，也都留著，發酵以後，用作「麵肥」；

再小再破的布片，也捨不得丟，攢夠了數量，用漿糊黏在一起，納成鞋底。就連我父親留下的一堆領帶，或作補丁，或作腰帶，也都一一派上了用場；

山珍海味，姥姥是不是也擅烹飪，我說不好。但講起一日三餐家常便飯來，姥姥粗糧細作、花樣翻新的本事，確乎一流。

還記得「紅八月」伊始，我家第一度被抄家之後，擀麵棍、切菜刀等等，被生怕我們「階級報復」的「紅衛兵小將」，統統封存。眼見吃午飯的時辰已到，姥姥不慌不忙，將家裡僅存的幾個爛土豆洗淨，蒸熟，碾碎，炒菜鍋裡滴一縷油、甩幾段蔥葉、撒一把鹽，翻炒片刻，一盤香噴噴的「油燜土豆泥」，端到我們面前。原本吃不出多少情緒的一餐飯，竟讓人人覺得唇齒留香，回味無窮。這一道「油燜土豆泥」，也便從此成了我們的「看家菜」之一，保留至今。

姥姥又是一位出色的家庭醫生。無論是誰，有個頭疼腦熱的，不必出門求醫，姥姥會不聲不響地煮上一碗薑糖水、酸辣湯什麼的，供你發一身透汗。之後，她還會坐在你的床邊，把你的肚子上上下下，按揉上好一陣子。一邊揉，一邊說著從老輩人那裡傳承下來的養生之道：人麼，還不是憑仗五穀雜糧，活一輩子麼。水米不進，人就離死不遠啦。冷不丁地，飯量小啦，吃著不香啦，吃下去也不消化啦，這就是身上來了病啦。發上一身透汗，再把肚腸揉捏通啦，候一候，就覺著餓啦。一想吃東西啦，再重的病，也算好了一大半……。

不管這一脈從「以食為天」上推衍過來的病理學說，是不是總那麼靈驗，至今回想起來，小時候，讓姥姥揉肚子，該算是我們常品常新的一大享受。每逢這時，我們都會閉起雙眼，讓溫熱的撫慰，隨著姥姥粗糙的手掌、暖心的話語，從耳畔和肌膚，一點點地浸透身心。而病痛，也便在這個過程中，不知不覺地減弱許多。

醫治外傷，姥姥更有一種百試不爽的自製成藥，名曰「花椒油」。原料與炮製過程都很簡單：將一些花椒用香油炸上一陣子，然後濾去，趁熱再朝香油裡放些蠟進去，晾涼之後，就算大功告成。平日有誰磕碰了皮肉筋骨，長了無名腫毒，鬧了痔瘡、針眼什麼的，塗抹上幾次或幾日，每每可以痊癒。雖說姥姥絕少出門，從不串門，卻憑著這一味「花椒油」，贏得了既久且廣的口碑。經她治癒的鄰里，著實不少。所以，儘管姥姥足不出戶，在鄰里之中，論口碑，並不在姥爺之下。

我並不想一一陳述從小到大，姥姥在生活上，施予我們兄妹的關愛與體慰。任誰都能想見在我們這樣一個殘破不全的家庭中，在我們的媽媽不可能不把更多的精力與時間，付諸家庭以外的一切職責和困擾的情況之下，如果沒有這樣一位姥姥的存在，如果不是這樣一位姥姥付出她的全部身心，我們這個家，也便不可能維持正常的運轉，我們兄妹幾個，也便不可能太太平平地度過童年和少年時代。

在我的心目中，姥姥不僅是親手呵護我們長大成人的一位長輩，而且是我們最初的啟蒙教師。

姥姥從沒上過學，卻認識一、兩千個漢字，能夠流利地背誦出「九九算訣」，絕不是人們通常所說的區區「文盲」而已。這些，似乎應該歸功於姥姥天性中那種臻乎極致的韌性，以及她的絕頂聰明。

據媽媽講，姥姥打年輕的時候起，就喜歡聽京劇。聽多了，便會哼唱幾句。聽熟了的劇目，學會哼唱的戲詞，都可以在書店發售的「戲本」裡找到。於是，姥姥求姥爺買來一、兩本「戲本」，循著唱詞唱腔，一個個，一遍遍地猜認著、識記著紙上印出來的漢字；漸漸地，再由一個個單字，到一個個詞，到一個個句子，到一個個段落，日積月累，循序漸進。到了我們這一輩人出世時，姥姥敢念出口的字，已不下一、兩千個。像《失空斬》、《玉堂春》這樣的連本大戲，姥姥也能磕磕絆絆地從頭至尾讀出來。像楊家將、包公、三國、伍子胥這樣一些為傳統劇目津津樂道的歷史掌故或者傳奇，則成了姥姥給童年時代的我們講述的最初一批故事。

長大後，我曾聽媽說起，媽知道姥姥喜歡看文字不太多且配有圖畫的「書」，當然，媽也巴望我們幾個，日後都能出息成個「讀書人」，所以，媽平日不大給我們買玩具，「小人書」之類的兒童讀物，卻隔三差五地買了來，逗得老的小的皆大歡喜。

每逢有了新「書」，姥姥總會忙裡偷閒，先自翻看上一、兩遍。待她以為胸有成竹了，再把早已急不可耐的我們聚攏到自己身邊，一字字地講讀，一頁頁地解說。倘若姥爺或者媽媽在一旁聽到姥姥念差了音解錯了意，哄笑幾聲，奚落幾句什麼的，姥姥也只赧然笑笑，從不惱。這情景，至今如在眼前。

姥姥雖說不可能再給我們提供更加高深的學識，卻早早地為我們開啟了學智之門。我們兄妹幾個，正是在她老人家的膝下，漸漸識記了最初的一批字和詞，並且早早地就把書和讀書，油然看作生活中一項不可或缺的內容。至於這「學前教育」的另一面，比如小時候聽姥姥念錯了的字與詞，有一些甚至一路錯到了今天。胎教之功之力，亦由此可見一斑。

好在，我們幾個，都屬於被「空前浩劫」扼阻了求學生涯的所謂「知青一代」，真若為學業上的先天不足與後天難補等等，興師問罪的話，十年八載地，只怕也還回溯不到姥姥名下。

回首童年和少年時代，姥姥對我們的撫育和教化之功，可以說是包羅萬象，無所不在。然而，說來奇怪，每每憶及彼時的一幕幕家居情景，姥姥的存在，卻總是顯得那麼悄無聲息，缺少色彩與稜角。我覺得，這或許也與她老人家的身材，遠不如姥爺或者媽媽，乃至青少年時代的我們幾個那般高大，不無關聯。

印象中，姥姥的身高，不會超過一點五五米。在高大魁梧的姥爺面前，姥姥顯得異常瘦小和單薄，如若一個沒有發育成熟的孩童。與總是紅光滿面的姥爺相比，姥姥的膚色，近乎蒼白。儘管如此，我依然不能不承認姥姥自有她與眾不同的一種美。這美，來自她的滿頭銀髮，她的始終安祥坦然的神態，還有那一雙黑亮亮的大眼睛，眼睛裡有永遠不變的澄靜與善良。這神態，這眼神，讓人很難猜想得出姥姥的一生，竟也歷盡坎坷。

姥姥的祖籍，是河北省河間縣。父親，是一位不很富裕的農民，生有七、八個兒女。為了躲避天災，一家人流落到了天津。憑著父親賣苦力賺飯錢，姥姥的童年，必是過得很是淒慘。待她長到十六、七歲，嫁給了當時還是店鋪夥計的姥爺之後，經濟條件或許有所改善，而因為姥爺的火爆性子，給夫妻之間、家庭內外，所招致的種種麻煩，卻從此，成了姥姥只能平心靜氣地承受的一大「功課」。抗戰時期，姥姥逃過難，近前落過飛機炸彈；臨近花甲之年，她更承受了獨子獨孫接踵棄世的打擊……。

姥姥把這一切，統統歸於神秘莫測的天命。她入過教，信過佛。對一切宗教，一切宗教中的一切偶像，姥姥莫不懷著虔誠的敬畏。忍辱負重，積德行善，矚望來世，在姥姥這裡，與其說是一種精神信念，毋寧說，是做人的一種行為規範，人格品性的基石所在。

似也無需否認一點：作為舊式的家庭婦女，在姥姥的性格中，無疑有許多通向忍讓的乃至逆來順受的基因。這些，自然是與當今的時尚，不很契合。但是，或許正是因為姥姥習慣於忍讓，習慣於逆來順受，唯她老人家那樣的人，才可能有的那樣一種寬厚與寬容，那樣一種韌性與自律，才可能透過悠悠歲月、綿綿苦難，顯出一種人格的魅力，顯出很強的力度。

「紅八月」伊始，家裡第一次遭查抄時，姥姥險些投湖自盡。為了勸說姥姥活下去，我們兄妹幾個，尋出了各式各樣的口實，比方說，如今被抄家的，比比皆是。論罪名，誰比咱家的更甚；論破財，咱家又怎麼比得過別人；論刑罰，咱們也沒挨打。既如此，您老人家還有什麼想不開的呢……。

我們說了個口乾舌燥，姥姥也一逕和顏悅色地聽著，那神情，卻如同聽兒時的我們，喋喋不休地講廢話，僅只標明了她對我們的縱容。

最後，還是姥爺揭開了謎底：原來，姥姥一下子變得心灰意冷，原因竟然只有一個，那就是她見不得人家如此肆無忌憚地糟害她的家——「紅衛兵」把屎拉在白麵缸裡，姥姥覺著噁心；「小將們」把她洗得乾乾淨淨、疊得整整齊齊的衣物拋撒在地，恣意踐踏，姥姥受不了；「破四舊」訴諸人與物的那種獸性的和近乎瘋狂的破壞慾與扼殺慾，更是讓生性善良、力戒殺生、推重節儉、講究一切井井有條一塵不染的姥姥，打心底裡覺著格格不入……。

我想，沒有任何人，也沒有任何理由，可以奚落姥姥在面對如此空前的人間劫難，眼裡心裡，如此容不下的，竟也只是「區區」世俗的和瑣屑的種種，乃至為著這些瑣碎的理由，寧肯一死。要知道，姥姥是絕對意義上的「家庭婦女」。隸屬於她的那個家庭，四堵牆之內的有限的人、事、物，即是她的全部，和她眼中這世界、這人生的全部。把她的這個世界粗暴地打碎，恣意地踐踏，無異於撕碎了她這個人，碾碎了她的身心，轟毀了她的立足。而古往今來，不堪劫難，以致自尋死路者，不也盡在於再也無法承受這樣一種撕碾與轟毀麼。想及此，我們或許只該說，誘逼一位家庭婦女去尋死，確乎太過容易；就連家庭婦女也覺著生不如死時，人間劫難之慘不忍睹，不也就不言而喻了麼。

確切地說，姥姥無意苟活下去，也未必僅僅基於一時一地的心緒。畢竟在一向並不坦闊的人生路上跋涉過大半生，姥姥自有她自己一套知人論世的成例。記得就在姥爺告訴我們真相之後，姥姥憤憤不平地說了好一通。

她說：「錢也好，物也罷，都是身外之物，生不帶來，死帶不走。這屋裡頭，看上什麼，抄就抄吧。好好的東西物件，落到誰手上，不也是同一個用字嗎。這層道理，我想得明白。可好端端的物什，無緣無故，又是砸又是毀，就不知道心疼麼。這麼糟毀東西，還算是知書達理受過教育的人麼！」

「光是砸東西，倒也罷了。趕在氣頭上，砸砸東西，誰也難免。可任誰也不該這麼糟害人命呀。人呵，誰還不是當爹當媽的，一把屎一把尿，辛辛苦苦拉扯大的。哪個的命不值錢，就算是貓呀狗呀的，也不興這麼待承呀。」

「趕上兵慌馬亂的年景，人命不值錢，倒也罷了。兩軍陣前，刀對刀、槍對槍地拚殺，誰死誰活，憑各人的運氣，也倒是一回事。可太平年月，挑唆一夥子渾不省事的孩崽子出來，專撿著七老八十跑不動打不了的人們欺辱，這也算是人辦出來的事嗎。」

「真有罪，關也罷，斃也罷，總還算是官家名正言順地給出的刑罰。偏偏由著丫頭小子們的性，又是鞭子抽又是棍子打的，打得人們頭破血流，渾身上下沒一塊囫圇地界，活活把人折騰死，才算完事。你們說說，這世道，還有什麼活頭呢。」

這是我平生第一次聽姥姥如此長篇大論地講說「天下大事」。

這也是我平生第一次見姥姥如此憤憤不已。

姥姥的一番話，說得我們一個個目瞪口呆。

這樣的思路，在當年，也許只有像姥姥這樣的「家庭婦女」才可能持有。儘管，由於我的父親，我們的家庭始終位居所謂「階級鬥爭」的風口浪尖處，但姥姥畢竟足不出戶，五十年代以來的那一整套循序漸進、愈演愈烈、直達極致的極左思潮，對於她來說，即便不是全然隔膜，也只是聞見得支離破碎，東鱗西爪。所以，看人處世，姥姥全憑她的本性，憑她的閱歷，憑她從長輩、從書裡戲裡、佛裡教裡，領受的規矩道理。

一抄家，竟致引出姥姥如此激烈的反響，當然還有不那麼「形而上」的動因。

姥姥重情義，更是一個非常注重「本份」的人。就她而言，所謂本份，一是認準與認定各人的職守，明確什麼才是你自己該說的話，該做的事；二是把你自己的行當幹得盡職盡責，盡心盡力，盡善盡美，無可挑剔。這，對於姥姥來說，也就意味著把全部身投進去，為女兒挑起「家庭後勤部長」這付擔子。也因此，多少年來，姥姥一直是調動了她的全部感情全部智慧全部精力，把家居環境料理得井井有條窗明几淨一塵不染，讓一家人吃好睡好身體好，和和美美其樂融融地過日子。

無論別人怎麼評價家務勞動，也無論兒時的我們，是否把姥姥的心血，全都看在眼裡，記在心上，姥姥卻是把這四堵牆之內的彈丸之地，與遍布其間的種種單調乏味的勞作，統統當成了她生命的一個很重要的組成部分。不難想見，她苦心經營多年的家園，竟在一夜之間，被人肆無忌憚地糟踐得一片狼藉面目全非，給她老人家造成的創痛，會是怎般地慘烈。

我曉得一個非常平凡的人生道理，那就是絕不可以對好人、善人作惡，因為，他們會為此銘記終生，將你終生釘在恥辱柱上。正像姥姥，她到死也沒有忘記那一番奇恥大辱。

姥姥卻很快又打起精神，重操舊業。儘管，隨後我家又被抄過兩次，且抄砸得一次比一次更加慘不忍睹。但這些，此時已再不可能傷害到姥姥，因為，她已經有了新的精神支撐點，那就是無論如何，也要幫襯眼下發配在外地且挨鬥挨打的女兒，把這個家，盡可能長久地支撐下去。

這是姥爺對她的懇求，是姥爺趕在自己神經錯亂之前乃至病逝之前，寄予姥姥的最後一項囑望。古語有「忍辱負重」，講得極真切。若非如此沉重的一付擔子，經由姥爺的手，放到了姥姥肩頭，沒有人能夠真正打消姥姥憤然赴死之志。而姥爺恰恰在姥姥決意赴死的一瞬，能夠打出這麼一張「王牌」，收到「挽狂瀾於既倒」的成效，若非夫妻多年，相知甚深，絕做不到。

如是想來，姥爺絕非只有「粗」的一面，只有「暴」的一層。只是，以我家的境遇而論，姥爺作為家裡唯一的成年男性，無論他樂意不樂意，在更多的時候和更多的情況下，他也只能往粗裡暴裡撐上一撐罷了。

當年姥姥在「但求速死」的心情之下，講出的那一番長篇大論，我至今記憶猶新。這一番肺腑之聲，激憤之辭，對於當年的我來說，不啻當頭棒喝。誰不知道，國人遭遇的「空前浩劫」，不但有組織縝密的國家機器作後盾，且有自成體系的思想理論作前提，那就是「無產階級專政下的階級鬥爭和繼續革命學說」。而這「學說」，又是從更悠久更恆常的某些「說法」和「做法」那裡，逐漸深化過來。這個循序漸進愈演愈烈的過程，按照現在公認的說法，至少可以追溯至五、六十年代。不幸的是，這，也正是我從童年到少年的人生段落。如是胎教與胎教之功，顯然遠比我們從姥姥那裡承受來的些許錯別字，更為強悍。

舉例來說吧，甚至到了「紅八月」，到了家裡挨了第一次抄砸之時，我的腦子裡，還塞著一團亂麻。一大早起來，尋了處沒人的地方，擎著本《紅寶書》（即《毛主席語錄》）來來回回地翻看，巴不得找尋出個口服心服的理由，認可了眼前的這史無前例的「大好形勢」。就是在我們費盡心機勸說姥姥活下去的時候，心裡想的與嘴上說的，還是與當時的所謂官方意志，貌似離而神卻合的東西。無疑，這樣一些思路和說法，不光開導不了姥姥，甚至也說服不了我們自己。而姥姥講的，盡是平常心日常語，這些做人與處世的道理與道德，再樸素不過，因而也是再雄辯有力不過。

當然，更有啟迪意義的，還是姥姥的思路本身。

姥姥注重「本分」。姥姥是家庭婦女，她也只把自己看作家庭婦女，所以，待人接物，為人處世，她只按照自己的身分自己的稟性。她敬畏官家，敬畏皇帝，敬畏比她強大的一切人與物，所以，儘管姥姥在北京生活了幾十年，「天子腳下」的老住戶們奢談天下大事的習俗，她卻半點也沒沾染上。她從不試圖「代天子立言」，「行天子之事」，「施天子之禮」。在她看來，官是官，民是民，長是長，幼是幼，誰也別演串了行當唱岔了調門。所以，面對舉國上下莫不亂了方寸的「紅八月」，姥姥能夠毫不作難地講出這麼一番「拉開距離看現實」的話來，也便順理成章得很。

此後兩年，我「上山下鄉」離開家門。姥姥的那一番話，可以說，是我從長輩們那裡獲取的最後一份教益。

我走後的幾年，大概也是姥姥一生中最為艱辛的一段跋涉。

從一九六八年底開始，不到半年時間，我們兄妹三個都下了鄉。媽媽還在河北交河縣中學被「專」著「政」，既不能回來探家，也沒錢寄回來。家裡只剩下姥姥、姐姐、姐夫和他們的一雙兩三歲的子女。姐姐、姐夫都在工廠工作，有相當一段時間，他倆也被押在廠裡，有家難回。這樣一來，這個空蕩蕩的家，以及他們的兩個孩子，也就只有全憑姥姥照料。

姥姥呢，我離開家的時候，她已七十四歲。人長得單薄，又裹了小腳，光打理家門之內的一切，便已吃力得很。而此時，索性連家門以外的種種事宜，包括買糧買菜、帶著孩子看病求醫、定期不定期地接受管片民警和街道治保組織的管制訓戒，乃至應對個別鄰居的無端尋釁等等，也成了她老人家的份內之役。這所有的一切，姥姥全部默默地肩負起來，就連事後，她也絕少跟我們中的任何一個哭訴過，抱怨過。以致直到今天，我也想像不出如此矮小羸弱的姥姥，怎樣抱著高熱不退的孩子，深更半夜地摸尋到了醫院裡。想像不出姥姥如何牽抱著兩個孩子，從兩、三公里之外，把一袋袋糧、一筐筐菜，搬扛回家。更是不忍細想當姥姥這樣搬扛著、挪動著的時候，身邊竟有怎樣多的冷言冷語，身上頭上又會落下「紅小兵」們的多少口水與土塊。在最窘迫的日子裡，姥姥是用家裡的最後一付床板，從鄰居手裡換回來的五元錢，才得以勉強應付了祖孫二人的口腹之需的。

如果「紅八月」那陣子，姥姥也有如此體力和腳力，後來的磨難，她老人家篤定也就躲過了。

可，如果沒有了她老人家，且不說日後我的外甥和外甥女，怎麼可能平平安安地長大成人，就是我們這個家，家裡的每一個人，也都篤定活不過「紅八月」的那一「劫」。

「紅八月」期間，我家頭一次被查抄的那天夜裡，姥姥一聽「紅衛兵」敲砸宅門，連老倆口操勞一生積存下的那一筆不大不小的養老錢都顧不上藏掖，搶先把姥爺當年受朋友之托，代為保管的一小包房契地契，扔到了廁所的廢紙簍裡。而當年，因為查抄出所謂「變天賬」而妻離子散家破人亡甚或全家斃命的，僅只我們所在的光明樓小區，就不止十幾二十幾戶。

姥姥與姥爺不同，從不喜歡吹噓自己，甚至從來不願意讓人們注意到她的勞作之功。就連「紅八月」期間她所成就的這樣一件驚心動魄的業績，我記得，也是一直到了一九七六年，全家人歷經劫難，首次在北京過春節時，才從妹妹口中得知。若不是當年妹妹跟姥姥睡在一張床上，想必就連她，也會一直蒙在鼓裡。

即便聽說了這件往事，不要說當時，就是今天，我也想不明白，姥姥當年怎麼會有如此之高的「政治覺悟」，又怎麼能在如此千鈞一髮之際，人在半睡半醒之時，做出如此大智大勇之事。

關於姥姥，我能夠準確無誤地概括出來的，只有一點，那就是：於我們全家，於我們全家的每一個人，姥姥功不可沒，恩重如山。

一九七一年春節，我首次獲准回家探親。生怕中途再生變故，事先沒敢通知家裡。

我敲開家門，示意妹妹噤聲，躡手躡腳直奔姥姥的住室。

時值正午，滿眼鎦金異彩。姥姥盤腿坐在床沿，鼻梁上架著老花鏡，手上擎了件小衣衫，且縫且看，煞是專注。滿頭銀髮，閃閃發光；一雙慧目，依舊是那般澄靜慈藹。

我「噗嗵」一聲，跪倒在地，膝行過去，俯在姥姥的膝上。

淚，便奪眶而出。

兔兒夫婦

我始終覺著「三年自然災害時期」，是從我們一家搬遷到北京的外城開始。

或許，恰恰也因為身逢這樣一個「非常時期」，有時間更有理由如此頻繁地跨過護城河，走進農田，走進野地。

那裡，有野菜，有或吃或用的種種。

我屬兔，一九六〇年，剛好九歲。正是貪玩的年齡。

學校卻不敢讓娃娃們折騰得太凶，知道我們肚裡太缺油水。所以，上體育課，只安排大夥打旗語，晃晃手臂而已。不光我們，就連對面的中學，體育課也只安排一項內容：打太極拳。

課上得少，閒暇得很。夥伴們一合計，唯獨護城河之外的地界，個個覺著稀罕無比，剜野菜、釣青蛙，哪一樣不是可供家長們欣然認可的理由呵。

而且，無需走很遠：一過護城河，便是成片的農田，大大小小的水面，足有十來處。

這天一大早，一行人帶上口袋、鐮刀，咭咭呱呱，你追我趕，逕直東去。

護城河兩岸，雜草叢生。河東的野芊，漫過堤岸，蜿蜒成片，幾塊菜田，散落其間。穿過草地和菜田，一片無垠的稻田，翠綠綠罩在藍天與朝陽間，遠處的農舍，柔柔地飄浮起幾縷炊煙。不知為什麼，我們止住了嬉笑，一逕傻呆呆地站了看：那草，那田，那煙，那天。

事後想來，興許正是那一陣無言的佇立，蕩滌了我們的戲耍之慾。我們一門心思地剜野菜，一刻不停地剜，直到太陽當頂，直到我們餓得再也挪不動半步。

我們都是城裡娃，在什麼時候、跟什麼人學會了辨識野菜，沒人說得明白，連我們自己，也未必講得清楚。這本領，或許來自老輩人口裡的民間故事，也或許，僅僅來自本能，唯有屢經饑饉的民族面對饑饉時才會兀然還原和顯現的一種生存本能。

我們很累，很倦，很餓，卻異樣地興奮和歡喜。就是在我們剜下第一株野菜時，我們已然想見了一家人圍坐桌前，喜滋滋地吞嚼著野菜時的場景。我們第一次察覺了有能力養活親人的自豪與喜悅。

這樣的出征，日後不知重覆了多少次。雖說，我們已習慣於且剜且玩，那股子勞作熱忱，卻一直保持到最後。

野菜卻越發地難尋起來。人來得越來越多，越來越勤，搜尋的範圍越來越大，野菜的再生能力再強，不也扛不住麼。

饑餓的普及程度和強悍程度，卻與日俱增。

餓綠了眼珠的人們，盯上了那幾塊菜地。捲心菜、胡蘿蔔、茄子、西紅柿，在濃烈的糞肥氣味裹脅中，依然芬芳無比，直射人們的身與心。

菜地的主人，是軍人。

很快，軍人便曉得唯有晝夜值守，才能看護好他們的領地。

我們幾個太小，家裡又管得太嚴厲，縱有賊心，卻無賊膽。有時，苦苦搜尋了一個上午，袋子還是空空蕩蕩。有心回家卻沒臉，走到菜田，癡呆呆、慘兮兮地站了看，看那些油光光、香噴噴的菜蔬，看那些情緒很好地擺弄著菜蔬的大兵們。

士兵們不經意地瞟了我們一眼，如同撞見了活鬼一般，嚇呆了，士兵們悄沒聲地湊到一起，商議了好一陣，然後，有人猶猶豫豫地朝我們走過來：「我們這兒，有堆爛菜葉，你們分分吧。」

菜葉，確實是老的和蟲蛀過的，而當時，這樣的東西，已是百姓們未必能夠經常享用的美味。按「可比價格」計算，這些菜葉，對我們的意義，絕對超過今天的龍蝦。

我們忙不迭地朝口袋裡裝填菜葉、菜根，生怕耽擱久了，人家變了主意。當然，這樣的變故，絕少發生，有時，士兵們甚至會悄悄地塞給我們一個小而蛀的西紅柿或是胡蘿蔔什麼的。

這類奇遇，縱然有過，卻掩飾不了一個鐵的事實，那就是剜野菜，已成勞而無獲的項目。到最後，倘若說出「剜野菜」這三字，篤定會招來家長的一番斥罵。

可我，已然不習慣肚腸空空地坐在家裡。哪怕是注定空手而歸，我也願意去那草裡田裡，盡情遊蕩。

家長不允准，我便偷著去。

終於有一天，我發現有人割野草，說是餵兔子。

我知道，這是一個機會。

家家缺油少肉，人人素了太久太久。所以，無需多費口舌，姥爺從「自由市場」上，買回來兩隻小白兔，說是一公一母，日後還能繁衍。

我撿回些紅磚，在姥爺姥姥的點撥下，在陽臺上，替兔兒們建了房舍。

之後，每天放學之後，我便出去打草。打很多很多草，絕不讓牠們嘗受饑餓的滋味，就連越冬的草料，也須早早備妥才好。

兔兒們很可人，十來天功夫，牠們已經接納了我。牠們蹦蹦跳跳地來到我身邊，眨巴著眼珠，啃食我手上鮮嫩的青草。到後來，只要我蹲下身，伸出手，無論手上有沒有食物，牠們都會歡天喜地湊上來，聞呵，舔呵。每逢這時，我就覺著心底湧起一泓似癢非癢的甜與暖，煞難描述。

兔兒們不停地吃，不停地長。有一天，我發現母兔神色怪怪地，朝窩裡銜枯草葉。

姥姥說，找些舊棉絮來，給牠墊到窩裡，人家要當娘啦。

連熬了幾晚，母兔還沒動靜。我不忍心總關著牠，偷偷地把姥姥擋在兔窩門口的木板撤了下來。

哪知，偏偏這一夜，母兔產了仔，粉嘟嘟嬌嫩嫩的四胎還是五胎，我記不準了。因為，牠們死了，是凍死的。

姥姥說，母兔膽小，不是自己掏的窩，住著不踏實，生養了後代，頭一件事，就是把娃娃們藏到個安全地界。大冬天的，咱這陽臺，沒遮沒攔的，一叼出來，不凍死才怪。

我抱起母兔，哭了好一陣。我知道，自己害死了牠的孩子。

所幸，兔兒夫婦很快又有了新後代。

陡然添了三四張嘴，草料下去得很快。為了牠們，放學以後的時間精力，我統統花到了打兔草上。

媽媽動了怒。

小兔，被一隻隻地轉送出去。

只剩下兔兒夫婦。

牠們的命運，是被殺了吃。

姥姥姥爺悻悻地說，我們不殺生。

媽掉轉頭來，直視著我。

我曉得，在長輩們面前，說「不」的權力和膽量，從小到大，我一樣也不曾擁有過。

姥姥神色黯然地將一根麻繩塞到我手上，說殺兔子，不能動刀。

我垂下頭，呆呆地看著手裡的繩子，乍著膽子，哀哀地說：「都去別的屋裡待一會兒，成麼？讓我一個人去陽臺，成不成？」

一家人相互看看，悄沒聲地退出房間。

房門緊閉。

聽憑熱淚流淌了一陣，我死死地咬住嘴唇，一步步挪向那一方空間太小卻塞得太滿的陽臺。

兔兒們像往常一樣，迎著我的手掌，歡蹦亂跳地跑過來。

釣魚

釣魚，本是屬於有閒者的樂子。如今呢，時興到專設的因而通常也是收費不菲的釣場去釣。魚具呢，也是越昂貴得打眼越好賣。至於有閒與否，反倒顯得不那麼重要了。

儘管如此，這些年，由公款或是私囊撐起的「釣友」，確確大批量地增多著。於是釣魚，這項據說是頤養天性、親近自然的運動，隨之火爆了不少。

論「釣齡」，我若想跟誰吹噓吹噓的話，足可以一路追溯至那場生靈塗炭的「文化大革命運動」。而且，彼時候釣魚，不是必得花錢，至於那個閒字，國人裡頭，大凡不再熱衷於「革命」的，莫不是閒得厭煩。

「釣魚無所謂會不會，只要你有付竿兒，最好呢，那魚竿兒還是自己的。」

這番話，是讓我喜歡上釣魚的幾位小哥兒們告訴我的。

那還是一九六八年春天的事兒。我們都還閒著。

學是老早就不用上了，日後會怎麼樣，接碴讀書還是就業——說起來，真是怪得邪性：當年愣是沒有一個人正兒八經地尋思過，湊到一起念叨過。大人孩子的，都那麼懵懵懂懂地等著瞧著。等什麼，瞧什麼，偏又誰也說不出來，誰也甭費事去想。所以日後平地一聲雷，上頭傳下號令來，說得把大夥統統攆到「老少邊窮」地界時，沒一個人不發懵的。絕大多數人沒怎麼「繃」就乖乖地遷戶口走人，吃虧也就吃在事先半點兒也沒往那地方尋思過。這是後話，不提也罷。

可我當時琢磨上釣魚，除去一個閒宁，還因為我住的地方離著龍潭湖特別近，有事沒事的，喜了憂了什麼的，沒少往湖邊走。去到那裡，最常遇見也挺喜歡瞧的，莫過於釣魚的。

釣魚是不是一門學問，說不好。要論起看釣魚來，我可就得說：那裡頭，可是大有學問呢。先說釣魚的，就分買了魚票正大光明地釣的，與瞅著巡湖的看不過來，偷著甩幾竿子的。大凡偷著釣的，頂厭煩身邊總踔著一幫子閒人——早晚得暴露了目標，把巡湖的給招惹來。大人瞧，敢怒不敢明說，少不得會把不好聽的，一總傾倒在半大不小的孩崽子頭上。所以，遇上這路人，瞧上一兩眼還可以，若是站久了，人聚得多了，準沒個好。

就算是買了魚票釣魚的，也不一定都不介意身邊有沒有閒人，當然，也不一定都有看頭。

比方說，使手竿釣魚的，一般都不樂意身邊總有走來走去的，生怕響動一大，把水裡的魚驚動了，可就再也甭想開張了。尤其是使手竿而且自打來到水邊就沒怎麼見魚游過來「拱漂」的，千萬別站下瞧——他那一肚子火正愁沒個地界派送呢。

倘若遇上的，是眼前一排海竿插著，「魚護」裡已然有了幾條大小還說得過去的魚鬧騰著的主兒，儘管放心大膽，站定了看熱鬧。遇上愛「侃」的，聊上個把時辰也是常事。當然，使海竿釣魚，無非是聽鈴鐺一響，立馬卯足勁頭往回收線拿魚便是，學問全在配餌料和甩線的技巧上，其實並沒多少看頭。

真正有看頭的，還得數使手竿的，而且是在魚漂越拱越歡將往起提竿未提起幾寸的時辰，或是正往岸邊「遛魚」的當口——用「驚心動魄」四個字來形容，丁點兒不過份。對於釣的，對於看的，都是如此。所以，當我們幾個十六、七歲的毛頭小夥子，拿定主意去釣魚的時候，都說用手竿用手竿不用手竿還算什麼釣魚呀。

可我沒有魚竿。

那年頭，「革命」正沒完沒了地鬧著。釣魚竿，甭說沒幾個地方敢賣，就是有，我買得起嗎。媽正在外地的縣城中學挨鬥挨打，工資扣得連她自己都不夠花。北京這邊，家裡老的老、小的小，全靠變賣抄家抄剩下的那點子家當填肚子，吃了上頓沒下頓的，哪敢再想別的。

好在，那年頭樂意跟我往來的，必得不忌諱我是不是「狗崽子」的。連這個都不怵，還會嫌別的嗎。何況，想去釣魚，原本是懶得總這麼閒著沒事幹。好不容易尋思個樂子出來，還能讓幾根竹竿敗了興不成。

便決定自己動手做。

那時候，鈎魚的器物，遠不如現今這般花俏。頂尖級的魚竿，也只是竹子做的。拿手竿來說，五節的也好，七節九節的也好，無非是把長竹竿一截截斷了，短竹竿一節節打通了，再粗的套細的，該漆的漆，該綁的綁，就算完活。魚線魚鈎魚漂不買不成，「千斤」（又稱「鉛墜」），有得賣卻沒多少人買，都興熔了牙膏筒自己做，因為，這是個技術活：分量輕了，停不住鈎；分量重了，鈎魚就成了餵魚。

這些竅門，是哥兒幾個幫我攢魚具的過程中，隨做隨傳授給我的。竹竿沒花一個錢，有從學校裡「順」出來的，有從家裡捨不得扔的破爛裡刨出來的，就連頂頂關鍵的「稍子」，也是深更半夜還來一把掃馬路的竹掃帚，從中抽出最柔又最韌的一支，「化腐朽為神奇」的。至於魚線魚鈎魚漂，我記得是一位姓張的朋友從他爹那兒搞到的。是要的還是偷的，不知道。

萬事俱備，一行七、八個人起了個大早，直奔龍潭湖，挑了一處時不時地見人鈎上魚來的地界，正式開鈎。

大約坐了一個來鐘頭，水面染上鱗狀的晨光，魚漂頂部的一小截紅色，從霧氣中閃了出來，定睛一看：居然在一跳一跳地抖動著！

「收不收線哇，快給哥兒們瞧瞧。」我扯著嗓子喊開了。

兄弟們扔下手裡的魚竿，手忙腳亂地圍過來。有說收的，有說再候候的，個個胸有成竹，也個個透著含糊。待我把心一橫，咬牙閉眼可著吃奶的勁頭往起揚竿時，魚已經吃飽喝足溜之大吉了。就這樣，真真假假地釣了一整天，我們的全部收穫是四、五條手指長短的魚崽子。此外，就是被巡湖的折斷的魚竿。

折就折，再做。做好了，還去釣。去了，免不了再折再做。十幾、二十幾回合過後，巡湖的看出我們不大像有鉤住大魚的命，也就倦了懶了。真若撞見，吆喝一兩嗓子，就算完事。我們呢，對於巡湖的行動規律，很快就了然於心了；跟自己不得不哈著、求著，不得不與之和顏相處的人嘻皮笑臉、沒話強搭話的本事，也迅速磨練得爐火純青。所以漸漸地，沒了「與人鬥」的無窮之樂，只剩下一門心思地釣魚，琢磨釣魚的訣竅。這一來，彷彿釣魚的樂趣少了許多。

到了八九月份的時候，我們的隊伍小了許多，有的時候，甚至只有我。可關於釣魚，我敢說誰的肚子裡都裝進去了幾樣絕活。可是，我們從來沒有釣上過大魚來。蹲上一天，一人釣上個十條二十條的不新鮮，個頭卻總跟金魚差不多。

轉眼到了冬天，湖面結了一尺來厚的冰，西北風專門往穿不上棉衣的身子裡頭鑽，就連我也挺不下去收了竿。

收竿的另一個原因，是「上山下鄉運動」旗鼓大張了。

我想去黑龍江的生產建設兵團，因為那兒發棉衣棉被，因為那兒算國營單位，有吃有喝還發工錢——每月三十多塊，絕是花不完的。

可我去不了，因為那兒是「反修前線」。

校方逼我去山西插隊，我不想去；不能去，因為家裡沒錢給我置辦行頭，更因為跟著「班集體」走，到哪兒我都是擱到砧板上的一堆肉，還不是繼續由著幾位一門心思練嘴、練膽、練身手、獻紅心的小爺當狗待麼。

也算是命不該絕。恰逢此時，聽朋友說，有位高鄰聯繫去海南插隊，說那兒很富庶，不愁吃喝，還不用準備棉衣棉被。這最恰合我不過，我想。

可打算搭幫結夥去海南島的，是仨女的，聽說，其中還有個高級幹部出身。我都不認識，能輾轉接上頭的，偏偏又是個家裡頭不很待見學校裡頭名聲也有點子「那個」的主兒。頭回見，人家就面上熱熱乎乎的，而話裡卻把個「不」字明打明地遞過來了。

照我的性子，絕不是肯輕易拉得下臉來求誰的主兒，何況是求一個自己未必很樂意搭理的人。可眼下是什麼境遇，我這號的敢直直腰嗎。如今，我跟巡湖的狗都有本事「套磁」交朋友，還怕收不服一個黃毛丫頭嗎。

真是不枉我釣了這一程子魚呀，甩鉤下餌打窩子、觀風向聽動靜盯漂子、送線收竿見好就收什麼的，一樣比一樣練得精用得活玩得地道。也就是十天八天工夫吧，到了十二月下旬，她們三個去火車站買票的時候，我及時趕到不說，還偏偏排在她們前面。

火車票一裝到口袋裡，心又高高地懸了起來。東挪西借來的盤纏，夠去的可絕不夠還的。火車票買到廣州，那裡舉目無親，不會有人收留我。戶口沒敢遷出，也不知該往哪兒遷，身上只有一紙不知頂用不頂用的初中畢業證書。憑它住得了店上得了輪船落得了戶嗎？我心裡頭真是沒有一點底數。

再者，同行的三位，只有一個知道另有一個我存在。應允幫著聯繫個農村落戶的，是她父親多年不見交情更是極有限的一位海南籍朋友，聽說他只是海南某劇團的編劇，想必也不會有多少過硬的門路。我們的事，他肯不肯幫真忙，他辦不辦得下來，全在未卜之數。無怪乎，她們三位是帶著往返路費闖江湖的，統給自己預留了退路，跟我不同。有退路的人，不必一條道走到黑，我卻只能接碴走。到時候萬一連她也頂不住了，不敢再認我這一壺「醋」，我赤手空拳人生地不熟的，不是死路一條麼。

對這些，買票之前我想過，從一開始往深裡「做」的時候我就想過。想來想去，理不出個頭緒；想來想去，終於想到了也想明白了最關鍵的一點，那就是擺在我面前的無非是個死字，如其坐等，不如一搏；要麼魚死，要麼網破。魚死，是命；網破，是魚有種，不枉活了一生一世。

此時，心懸神牽的，自忖並非事到臨頭我會不會不敢往前邁步，而是如何把這一連串的未卜之數，化作一個個實打實的關口，自己該如何解又該挺到哪一步。所謂萬一之「一」，事先更該有很精確的「度」在胸才對。

不知不覺七拐八拐來到了龍潭湖畔。時值黃昏，湖邊空空蕩蕩，西北風鬼哭狼號。枯枝落葉上上下下地打著旋，砂石掃得人睜不開眼。車是騎不動了，深夜就將啟程南下，不知何年何月更不知此生還有緣無緣重遊此地。想及此，越發不捨得離去。於是推著自行車慢悠悠環湖而行。

行至一處很不起眼的水灣時，猛地發覺臨岸處剝去了好大一方冰層，一泓未及凍結的碧水之中，一條巨大的魚半側半仰地浮著。

看別人釣魚也有十年、八年的了，自己舉著魚竿來這兒熬時辰也不下幾百回了，可這麼大的魚，我還從未遇見過。

二話不說，我褲腿一捲下了水，三腳兩步淌過去，摳住魚鰓就往起拎。魚還活著。輪到垂死掙扎的關口，又有哪路活物肯輕易認命服輸呢。也不知是幾分鐘還是十幾分鐘過後，我贏是贏了，渾身上下也沒幾塊乾地界了。上得岸來，顧不上喘口氣，四面看看，立馬脫下小棉襖，把魚包裹了，騎上車，興沖沖喘噓噓照直往家奔。

全家人都看呆了。

虧得有這條魚，在家吃的最後一頓晚餐，竟是「文革」以來最體面的一餐，妹妹說好多年沒吃上這麼厚的魚肉了。哥哥姐姐說真怪，你誠心敬意去釣偏偏釣不著，臨走了卻撈起這麼大一條。姥姥舉著筷子不往魚肉上戳，口裡卻連聲說著好兆頭，好兆頭，這才叫吉慶有餘呀。你這回去，定準心想事成，早早晚晚準熬出頭來。

我帶著滿口魚香上了路。

我信心十足，我相信我有路，誰也甭打算太輕而易舉地把自己抹去。

就這樣，一路磕磕碰碰一路辛酸苦辣一路悲歡離合，我從十七歲走到了四十多歲，從北京走到海南又從海南走回北京，從橡膠林走到車間再走進大學。越走，越不怕走。

可我已經有十幾年不釣魚了，不是不想，更不是沒有機會。連不掏自己的錢買票買釣竿買釣具，藏在冬暖夏涼的天棚裡，半躺半坐在逍遙椅上，釣那一池太容易上鉤的魚的機會都沒少遇上過。

我沒再釣，因為我已找不著我的那付魚竿了——

「釣魚，沒有自己的竿兒哪成呀」，是誰頭一個告訴我的，我回憶不起來了，可我還記得這一「說」，而且很可能記一輩子。

蛇緣

吃蛇膽，飲蛇血，品蛇湯，吮蛇肉，隨著粵菜的風靡，這些本屬於兩廣的食味，一下子擴展至大江南北長城內外。蛇，成了一種價位，一種規格，一種派頭，一種超乎口腹之娛的精神享受，一種說不清、道不明的消費時尚和心理感受。

蛇給國人帶來數不清的歡樂與榮耀。當兩位小姐迎著攝像機鏡頭，款款走近千百條大大小小的毒蛇，春風滿面地創造著人蛇同居的最新世界紀錄時，蛇對於中國人的當令意義昭昭然顯現畢盡。

我與蛇的緣份似乎更為久遠，比國人高喊「橫掃一切牛鬼蛇神」的時辰還要久遠。

話說當年。

我上的第一所小學，後門直通一個很大很大的院落。院裡有座土山，長滿了樹，荒草又高又密。土山的南面，是一處頗具規模的古廟，早已破敗不堪。裡裡外外，銅神鐵佛，橫七豎八地，直到「大煉鋼鐵」那年，才在一夜之間絕了蹤跡。剩下幾間空蕩蕩的神堂幾排東倒西歪的香案，暫且派不上用場，便宜了我們這些七、八歲的娃娃們，得空就鑽出鑽進地，折騰個不亦樂乎。終於有一天，一條碗口粗的花蛇大天白日地攀纏到了天花板上，「信子」一吐多長，把在場的老師、學生嚇了個死去活來。

那個場面，我沒撞見，可那條越說越粗越傳越神的蛇，卻讓我第一次領略了什麼叫作恐怖。從此，蛇便成了我心裡象徵著恐怖的圖騰，直到我長大成人。

怕便怕，畢竟知道在北方，尤其是在北京城裡，除了去動物園，活上一百歲，也未準見得著幾回蛇。自恃與蛇離得很遙遠，根本搭不上界。可當我十七歲那年「上山下鄉」到了海南島，才知道自己已然一傢伙「插」到蛇窩窩裡。而且是自己找上門來的，怨不了誰。

我待的地方，屬海南島的瓊山縣。離海口市不過三、四十公里遠，又是一九五二年建立的國營農場，條件該說是挺不錯的，每月能掙二十二塊錢，能吃上三兩油、二兩肉，還能買二兩燈油、半塊肥皂什麼的，比起島裡的農場來，可算是天上地下啦。

卻同樣多蛇。

下到隊裡的時候，正是一九六八年歲末。冬季，膠樹不再割，林子裡的活計，主要是除草。活計不算重，知青們又正在興頭上，頭一天出工，便紛紛學了老工人的樣子，打起赤腳，在忽急忽緩下個沒完的連陰雨中，東倒西歪、一步一咧嘴地進了林子。好不容易踩到軟綿綿的綠草地上，個個長舒一口氣，著著實實地把心放回肚子裡。於是便說笑個不停，越說笑越忘形，直到冷不丁地聽見一聲怪叫，卻見一盤五顏六色的蛇，正擦著一位女知青的腳趾陰陰地往起抬腦袋。

幸虧沒有一腳踩到蛇身上，幸虧蛇值冬眠反應遲緩，虛驚一場，總算沒傷著誰。只是都不敢再說再笑的，一個個瞪圓了眼珠子看著地下，腳也不再敢往草厚的地方落，寧肯硌著扎著。

說來也怪：那天去的林段並不大，搗騰出的蛇卻多得邪虎。大凡這地方能見到的品種，差不多湊齊了，十有八九屬毒蛇。至今印象最深的，還是當地人所稱「鐵線蛇」。牠十來公分長短，三、四毫米粗細，通體泛著幽幽的烏光，首尾難辨。一旦受了驚擾，鐵線蛇就會頭尾相環地甩來甩去，在地上畫出一個個圓圈圈。據說，這種蛇無毒，卻堅而韌，極擅纏，甚至能夠勒斷人的腳趾。我們試著用鋤頭剁，若不找塊石頭墊在下面，誰也甭想把牠剁斷。

人們小心翼翼地挪動著腳步，抖開每一叢雜草，蛇被一條條，一盤盤，一攤攤翻檢出來。弄到後來，連老工人都含糊了，連聲說，今日撞到鬼呢，斗笠沒離過腦殼，殼怎地也黏條蛇上面。

好不容易挨到了收工的時辰，廣州來的知青們，卻早已把個怕字拋到了腦後，忙不迭地把一條條稍稍大一點的死蛇盤成團扎成捆，拎著甩著直奔宿舍，說晚上無論如何也得搞只大鍋，煲它一鍋蛇湯慶賀慶賀。到底是吃過見過的主兒，不服不成。

那天我終歸還是沒敢碰他們煮的蛇湯。不知怎的，鼻腔裡滿是冷颼颼、黏乎乎的血腥氣。煤油燈吐出如豆的火亮，不住地顫抖，濕泥牆爛泥地罩在一團半明半暗的霧氣裡，窸窸窣窣響個不停，如若到處有蛇在蠕動。我便在這陰森森的茅草房裡，度過了平生最長的一夜。

接下來的一段日子，蛇成了人們掛在嘴邊的一個話題。每天都有人遇上蛇，每天都能聽到關於蛇的故事。這個冬天，雨季特別漫長。連陰雨從元旦一口氣下到了春節，鋪的蓋的穿的戴的全都濕乎乎地，人人身上裹著一種惡狠狠的霉味，待人人覺得有關蛇的一切議論也彷佛發了霉串了味，我們已不知不覺地適應了所有的霉味。雖說還會時不時地遇上蛇打了蛇什麼的，卻不再多說少道大驚小怪，如同看待生活中，那許許多多業已變得不值得一提的事情。

春天終於來了。四月，海南島的國營農場改編為「廣州軍區生產建設兵團」。知青們經過培訓，大多當上了割膠工。割膠是項苦差事，每天凌晨三、四點甚至兩、三點鐘起身，穿起臭氣熏天的工裝，頭頂一盞電石燈，便一頭鑽進各自名下的橡膠林，技術好手腳快的，也得一直忙到中午時分才能趕回來吃飯休息。蚊子、野蜂、山螞蟥、蠍子、蜈蚣、蛇，哪一樣找上你不依不饒，都夠你哭爹喊娘的。

當然，大夥最怵的，還是蛇。一則天太熱，蛇喜歡在天似亮非亮的時候覓吃食，到處鑽來爬去，是一天裡最活躍也最有進攻性的一段；二則蛇喜歡在草裡穿樹上纏，深更半夜的，又有追光的習性。而我們，恰恰是所有不利因素都具備，而且已經習慣於打赤腳了。所幸蛇行草叢，會打磨出一長串響動，大老遠聽見了，或躲或打，已容人事先思忖清楚。所以，雖說險象環生，真遭了蛇咬的，總歸極少。

人人知道我怕蛇，時不時弄條蛇到我跟前耍一耍。蛇對我，更是情有獨鍾。黃燦燦的金環蛇曾在我的蚊帳頂上安過家，一身灰白紋理的「過基蛇」（注：一種毒蛇）竄到我床底下大模大樣地吞食過老鼠。就連中午挑著膠水走在林間的小路上，也會有碧綠綠的「竹葉青」（注：一種毒蛇）張牙舞爪地，從樹上一頭栽到我的膠水桶裡。

莫非蛇也學得那般地欺軟怕硬不成？

轉眼間到了一九七〇年春夏時節，海南島也搞起了轟轟烈烈的「一打三反運動」。我的鳥出身，已是一張業經捅穿卻人人權當並未捅破的窗戶紙。親朋好友，書信日漸稀疏，偶爾送到手上，我也只坦坦地笑著謝著，佯裝看不出那拆了封、封了拆的痕跡。到底是炎黃子孫，不到萬不得已的地步，誰還不想多多少少地維繫住個「外面兒」呢。

撕破臉的時辰卻直直地逼近。

這一天，農場（注：時稱「團」）召開了「一打三反公判大會」。會場調度可謂匠心獨運：

主席臺前，武裝連將一排排五花大綁的人犯死死摁住；十步之外，各連隊的「一小撮」黑壓壓坐了一大片；再隔上十步八步的，包括知青中人的若干「可教育好子女」(俗稱「狗崽子」)強作鎮靜地枯坐無語；在他們身後十米開外，廣大人民群眾雄壯有力的口號聲，此起彼伏驚天動地。

大會在緊張而有秩序地進行著，一批批人犯走馬燈似地押上來，押下去，循環往復不已，直到終於迎來了高潮時刻：根據上峰之「有條件的地方，可以安排就地執行，以壯鎮懾」的指示，人犯被推搡到事先挖好的大坑前。

槍聲如雷貫耳，蕩漾心田。

在槍聲的餘韻中，派駐各連隊的工作組分頭召集群眾大會。自然，如我之輩，卻是要被單獨請入一室的。而會議的唯一議題是：談談感想吧。

晚餐吃的是用芭蕉葉、地瓜藤、木薯葉、青草莖煮的「憶苦飯」，飯後的「憶苦思甜大會」和「天天讀」一直延續至午夜時分。當一個多小時之後，我強睜兩眼走在膠林深處的牛車道上時，已是精疲力竭，饑腸轆轆。腦海裡，卻依然升騰著那一簇簇血色，一陣陣呼喊，一團團的五味俱全，一寸寸無從告白的心事。

這時，我腳下竄出了那條一米多長兩指來粗的金環蛇。

事隔多年，當我憶及那一幕時，我由衷地感謝上蒼對我的寬厚與仁慈。否則，我必死無疑。就連當時走在我身後的幾位老工人，當時也是這麼說。

當蛇撲過來的時候，我還恍惚著。蛇的失策，在於稍稍自信了些許，以致牠不屑於咬我的赤腳或是小腿，而是一跳半人高，直截了當，衝著我的臉部發起進攻，結果一頭撞到我的扁擔鉤上，竟被彈出半米多遠。這一來，警醒了我，也給我送上了一段雖短暫、卻也足夠我撤步抽身，甩膠桶掄扁擔的時間。

這條美艷絕倫的金環蛇死在我手下了。這是我打死的第一條蛇。該說是很有紀念意義。所以，割著膠的時候還在盤算該不該拎牠回去製成標本。可惜，當中午時分，我收工回來，螞蟻已比我先行一步，把牠啃得乾乾淨淨，只剩下一具白森森的骨架。老早就聽當地人講過，毒蛇的骨頭有毒，扎在腳上，傷口很難癒合，逢到陰濕季節，就會淌膿血出來。於是，我撿了個角落，將蛇骨深深地埋了。

從此，我不再怕蛇，坦坦然然，興致勃勃地打蛇，玩蛇，折騰蛇，吃蛇肉，吞蛇膽，喝蛇湯，一樣比一樣更鍾意。

這一年，正值本地荔枝大豐收。三、五元錢買下整整一棵荔枝樹，是再正常不過的事。知青莫不如狼似虎昏天黑地大嚼不已。荔枝性熱，吃多了「上火」。沒幾天功夫，人人身上拱出不少瘾子來，鑽心地疼。於是，個個直眉瞪眼，四出尋蛇、趟蛇、打草驚蛇，尋下了，便忙不迭地剁頭、剝皮、開膛取膽，屋前房後，架竈支鍋，又煮又煲，喝它個滿頭大汗，肚漲腹圓，嚼它個神清氣爽，體泰心怡。

就這樣，夏去秋來，「一打三反運動」在不知不覺中捱了過去。

蛇肉蛇湯卻吃上了癮。時不時地會有人提議：去林子裡尋兩條蛇成不成呀。那神態，如同去自家的菜地裡拔幾棵青菜一般。烹蛇、品蛇的技藝也越發精到起來。

那時候，蛇血是不大有人嘗的。蛇膽，照例歸捕蛇者所有，一口吞下，並不一定佐以白酒什麼的。無毒蛇的膽，雖說總比毒蛇的膽，大出許多，卻沒人看得起，往往隨手扔掉。蛇皮也少有人吃，因為嚼在嘴裡並不香且不過癮得很。

烹蛇，首選品是毒蛇。毒蛇雖不比無毒蛇體大肉厚，卻公認肉味更鮮美，吃到嘴裡感覺更滑順，據說藥性也最好。

煮湯，則沒什麼成規，有毒無毒，大也罷小也好，只要有人覺得值得一煮且願意動手煮，都會扔到滾水裡。由於日日時時不得閒，像「龍虎鬥」、「龍虎鳳」這類經典菜，只在很特殊的日子和情況下才得一見——例如，隊裡殺豬分肉的時候，宿舍裡闖進誰家的成齡雞而又有誰不很情願見牠再跑出去的時候，等等，等等。每逢這時，同屋的四五條漢子就會相約去林子裡走一遭，先把夠尺碼的蛇尋下，再去就近的農村，用錢或者用計把其餘的一兩樣貨色置配齊。返回之後，便剁，便切，便樂陶陶地烹煮，有說有笑地一通狂捲海塞。濃烈的火藥味和枯燥的鄉間生活，竟由蛇的介入而變得喜氣洋洋。

漸漸地，蛇卻不那麼好尋了，就連聊以煮湯的蛇子蛇孫，也不是日日能遇上了。知青悵然若失，老工人不禁心馳神往地憶起當年的輝煌，說五、六十年代那當兒，活物野物滿眼都是，即便吃蛇也只揀碗口粗的蟒蛇。那時候大蟒也乖，汗汲汲的衣服往蛇頭上一搭，再不動彈，抬了走便是，哪像如今這班蛇崽仔這般刁鑽詭怪不好對付呢。此時知青已然對「接受再教育」什麼的很失了熱忱，竟陰陰地笑道，勿再這般「車大炮」（注：吹牛皮之謂）啦，淨撿我們沒見識過的光景說三說四。

一九八五年末，我有幸重見海南，並且在我扎過根的地界小住三天。三天中，人們陪我走進一處處橡膠園，我卻已經很難辨認出當年曾經發生過這樣那樣的故事的確切地點。蛇，我只遇到一條不很大的，當時，牠正從路網間慌慌地往防風林裡鑽。

這是一種無毒蛇，當地稱作「過樹龍」。雖屬蛇類之下品，卻是當今人們在蛇宴上最容易遇上的品種。

綠色的生命

一別二十年，海口市已經大變樣。據說，因為樓蓋得太高和太高的樓蓋得太多，連海口機場的夜航也成了大問題，停停飛飛，說來講去，至今沒個一勞永逸的對策。所幸，街道兩旁的椰樹還在，雖說已經長得有模有樣果實纍纍了，托舉的，依然是那熟悉的綠色。

這是獨屬於熱帶亞熱帶的綠色。

這是記憶中海南島的本色。

這綠色，當年是不是一種也能落到知青眼裡的美，我說不好。作遊客與作苦力原本風馬牛不相及，恰如降生在窮鄉僻壤與冷不丁地被人攆到窮鄉僻壤，很難講哪一種命運對於當事人來說，相對地差強人意。

幸虧陪著知青上路的，還有當年的風雲人物唱出的種種無需身體力行的一派高調調。調門定得高，聲勢造得足，也就有了一路的彩旗橫幅、標語口號、歡歌笑語、掌聲大作、鑼鼓喧天、鞭炮齊鳴，一朵朵紙扎的花與一列列強笑的臉。

一個個少男少女，因之攪得暈頭轉向，直到走進破茅草房攤開行囊，才算懵懵懂懂看出來：一路的風光，也只是轉瞬煙消雲散的過場，實實在在的農場農工生涯，剛剛開頭。

三天集中學習之後，知青開始參加勞動。最初一個來月，沒別的本事，只能發派去鋤草。

冬天的雨，稀稀拉拉，日夜無歇。紅土地翻了漿，人人腳下黏著兩、三寸厚的爛泥巴。鞋子穿不住，不由你不赤腳。

初學打赤腳，細皮嫩肉的，石子硌草根刺，唯有虛虛地踩，速速地提。爛泥地偏偏又如同溜冰場，踩虛了站不穩，三晃兩搖腳一滑，滿身滿臉都是泥。好在年輕不識愁滋味，初來乍到不便太張狂，就算摔重了，也只暗自叫苦，臉上嘴上不露。

冬季的橡膠園，依舊是綠蔭蔽日，一派生機。時值雨季，土地鬆軟無比，草便瘋長。拼死拼活兩三天，好不容易鋤到了林段這一頭，一回眸，身後已是滿目新綠。所以老工人有個口頭禪：草是地上毛（注：頭髮之謂），除不淨的。

鋤草是種顯不了山、露不出水的活計，卻絕不輕閒。地軟土濕，三鋤兩鋤，鋤頭便黏上厚厚一層泥土，沉重得舉不起、揮不開。草呢，根比葉長，命比根長。鋤草不鋤出根來，好比割韭菜；見了天的草根若不抖淨了土，如同挪了個地界，活得越發清爽愜意。這才曉得「樹挪死人挪活」原是人編排出來寬慰自己的。

草長得太盛，太盛的草裡隱匿著太多太厲害的爬蟲，忙的、閒的、睡的、醒的、爬的、飛的、跳的、拱的，熙熙攘攘，自由自在。知青沒見過大世面，一個個看得目瞪口呆，又懼又惱。才幹了十天半月功夫，知青們已然沒了鮮活勁兒，話少了許多，手上的鋤頭也舞弄得稀鬆下來。

草卻越發張狂。

那時節，石磚房還沒蓋起來，知青們分住在幾棟茅草棚裡。茅草房八面來風，房頂一旦漚透，不管外頭雨停沒停，屋裡照下不誤。一連個把月下來，乾的濕了，濕的霉了；草草夯過的地面越來越潮濕，越來越鬆軟，茅草悄沒聲地拱出地面，由牆腳床下漸次蔓延開來，綠如滴，葉如劍，煞是好看。

看厭了，便拎進鋤來，又斬又踩，驚得蟲兒們雞飛狗跳，躲閃不迭。知青鋤出癮來，有人就將鋪板掀了，兩屜桌挪了，邊幹口裡邊罵：都說海南島「四個蚊子炒盤菜」，怎知床板上也長蘑菇，刨這般光的桌腳上也發些芽芽出來。真是頂住鬼了。旁人聽了，三腳兩步圍過來看，果然見一條白生生、四方方的桌腿上，斜伸著兩三寸長的一柱嫩芽芽，芽頂上還綻開一雙水靈靈的綠葉。眾人見了，齊聲喝彩。本地娃娃擠進來見了，嘿嘿地壞笑著，立馬將眼裡的知青往矮裡看了半截。

陰冷多雨的冬季一過，太陽立刻變了臉，鎮日火燒火燎地罩在頭頂上，讓人沒處躲沒處藏。這是農場一年中最繁忙的生產季節。在長達八個月的割膠期中，容知青留在屋子裡的時間，一晝夜不足七小時。人困馬乏，苦不堪言。草木卻愈見葳蕤蔥蘢，花團錦簇，噴吐出無窮生機，萬種風情。

此時知青卻已打磨盡閒情逸致。整日清湯寡水的，肚胃愈見虛空，不知不覺間，採野果尋野食的本領，已然一個賽一個精到。出工趕集，工間休息，總有辦法尋到自家最鍾情的吃食。酸的、甜的、香的、辣的、苦裡帶甜的，大如拳小如豆，邊採邊一顆顆，一把把地填進嘴裡。紅的、綠的、黃的、白的、汁汁渣渣，從早到晚在唇上腮上黏著。

解饞之外，開始進補。懂不懂的，一時間都好把什麼性涼、性熱、陰呀、陽呀的，每每掛在嘴上。崗稔調經，番石榴止瀉，余甘子清熱，這樣的野果子人見人愛；益母草、五加皮、土人參、車前草、雞血藤、金不換、土茯苓，採回來一股腦填到酒罈罈裡。就連當年紅軍醫院點播在雨林深處的罌粟苗，也被好事之徒尋覓出來。有誰頭疼腦熱鬧肚子了，嚼一撮罌粟籽，煮幾個罌粟殼，果然神效。

有根的吃遍了，掉轉頭吃有腿的。膠園無邊無際，防風林地、原始雨林更是雜草叢生，藤蘿密布。有了草，有了樹，野物就有了吃住。野豬、黃猄、坡鹿、穿山甲、果子狸、野山雞等等，偶爾撞上了，搏了命也要攆。知青正值能吃能睡的年歲，勞動量大，胃腸又總虧著，不由得將兩廣「嘴膽包天」的傳統極盡發揚光大，再加上本地人時不時地點撥點撥，沒過多久，知青的食譜已經拓展得沒邊沒沿，無遮無攔了。

尋吃食，都喜歡往下水村走。一條小河從坡腳悄然流過，環起偌大一片坡地，足有五六百畝方圓。這裡，本是五十年代農場初創時期的一處苗圃。廢棄的時候沒顧上清理，十幾年下來，成行成陣的半截子砧木已有尺把粗，灌木雜草密密匝匝，人悚的、人饞的一應俱全。一來二去地，下水村出了名。打獵的、採藥的、捋野果的，來了去，去了回。外面的知青都說這隊上的知青掉福地裡了，竟守著偌大一片美食天地，花花世界。眾人聽了，擺一副見怪不怪的笑模樣出來，口裡連聲說著有空就過來，想吃什麼只管說。

下水村是知青恆常的誘惑，下水村的綠色浸潤著知青的生活。

下水村卻是萬畝膠園的異己，是資深農場有待開發的最大一塊生荒地。而此時，「大力發展橡膠」、「大力發展熱帶作物」兩個響徹海南島的口號，借助紅極一時的「林副主席」的聲威，如日中天，所向披靡。

一九七〇年，一聲令下，全連百十號老少男女，招展大旗，開進下水村。「大幹一百天，誓讓荒山變膠園」，口號聲聲，喊個沒完。

往實裡做著實不易。一米多高的樹樁，扎下不知多深多粗的根根叉叉。樹樁，肩比肩立著；樹根，你纏我繞，死死糾葛著。刀砍不動、斧劈不開。幾天下來，持刀斧的，手指節震得攏不起拳；掄钁鋤的，胸腔肋骨酸痛難耐。「天天讀」日日讀著，語錄一遍遍叨念著，擋不住進度日日往下走，傷的、病的越來越多。

於是上上下下開始熱火朝天地擺弄炸藥。一船船硝酸鉀運抵海南，石臼、石碾瘋也似地捶打研磨不歇，一團團樹樁頑石轟隆隆沖天而起。各地事故頻仍，致殘、致死者甚眾。

四個月過後，下水村掃蕩一空。眾人雨裡拼，旱裡搶，播下滿坡橡膠苗。四五年以後，這裡的膠樹苗將發育成齡。播灑下血汗的人們，都在喜滋滋地祈盼著那一天。

墾荒卻使農場元氣大傷。農藥被改製成了炸藥，膠園肥力成了無源之水。於是，自上而下，大搞綠肥農家肥，一時奉若最後一束救命稻草。農工們引領著知青在膠樹下掘出一個個棺材大的坑，胡亂裝填進匆匆搜羅來的雜草落葉。

膠樹傷了根系，病蟲害頻頻發作，膠水產量、質量雙雙滑坡。

北風起了，膠園沉寂下來。綠葉漸次枯黃、敗落。

冬去春來，下水村的膠苗苗長大了許多。老工人樂呵呵地說不是有你們這多知青來到這裡拼命做，下水村荒到今呢。連隊當家人聽到耳朵裡，安排人趕製些木牌牌出來，將知青的名字一個個填寫上，懸到膠樹苗上，說這膠園歸知青歸你們，勤勤伺弄除草施肥，長大了也歸你們割。知青個個覺臉上有光，閒了便掮了鋤去各自名下的林帶裡巡視。

下水村成了知青豎在紅土地上的綠色豐碑，——無論日後這世上還有沒有我們，還有沒有人知道我們。我們都曾堅信不疑。

我是一九七二年離開兵團的，沒能等到新膠園成齡和開割的那一天。旁的知青是一九七六年基本走光的，也沒能等到那一天。至今生活在那裡的人們，同樣沒能等來那一天。

下水村至今荒著，荒得連草都不長。老工人告訴我說，這裡的膠苗苗，是在差不多成齡的時候奉命「剃光頭的」。後來這裡還依次種過和拔過胡椒苗、菠蘿苗和香茅草苗——自然，每一次的種與拔，也都是「奉命」。這兩年不折騰了，索性不理不睬地荒著。風吹雨淋太陽曬，土層一年比一年薄，坡度一年比一年大，都覺著山在往高裡長著。平日人跡罕至。

我從荒坡上撿了塊碎石。它毫無特別之處，至今披著一身暗紅色的泥土，擺放在我的寫字臺上。我說不清為什麼會撿起它，並且保留至今。

我卻沒有勇氣巡訪舊時的農墾醫院。當年，當我離開海南時，一直把我送上輪船的一位廣州知青，曾執意帶我去過那裡，讓我與那些不得不長期留醫的知青們道個別。他們大多喪失了勞動能力甚或自理能力，而且絕無痊癒的可能。他們中間，有不少正是在那場席捲整個海南島的開荒運動中，留下終生殘疾的。

我們枯坐無語，淚眼相對。

我不知道他們是否還滯留在那兒，滯留在那個無從跨越的時刻。

雷雨

雨是一種美，一種不屬於都市的美。

大雨給城市交通帶來麻煩。街道水流成河，車輪濺起污濁的水花，披頭蓋腦掃在行人身上。人們一聲高、一聲低地抱怨著，狼狽不堪。

城裡人不喜歡下雨，欣賞不了雨的美，儘管他們往往不肯這樣承認。

雨卻是鄉村人無從逃避的特權。雨決定著的東西，靠天吃飯的人不得不賓服。因此，他們必得習慣雨中的活計，習慣雨水打在身上臉上，甚至必得習慣頂風冒雨跑到房子外面去。

大約是在風裡雨裡摔打了半年左右，我，一個地道的北方人，一個無緣完成學校教育卻據說是必須接受「再教育」的城市學生，甚至已然可以趕在雨珠濺落之前，早早嗅出熱浪蒸騰的空氣中，從來雨的方向湧來的那股略帶腥濕的泥土味。這種「嗅雨味」的本事，就連本地人也不是個個都有。

海南島是雨的博覽會。

冬天的雨，如同一張遮天蔽日的蜘蛛網，絲絲縷縷，飄飄灑灑，如煙似霧，黏黏地罩在林木村舍、丘陵溝渠之上，連遠遠近近的聲響，都變得朦朦朧朧。連陰雨，無晝無夜，無邊無際，下個不休，常常一兩個月不見天日。寒氣浸人，老人孩子身披棉絮，在火盆前跣足而坐。

夏秋季的雨，變化無窮。有時是一片雲彩一片雨，水過地皮濕，來去只在一瞬間，降雨帶亦不過百十米寬窄。有時則是晴天一聲雷，風起雲湧，水便如傾如注，一逕潑灑下來。地上頓時泥濘一片，濁流四溢。

最驚心動魄的，還是屢見不鮮的大雷雨與颱風雨。

那是可以在一瞬間奪去性命的自然力。

對這，知青初到海南時，以為也只是「有此一說」而已。

眾人是在歲末的綿綿細雨中抵達的。上上下下的，原本把大城市當作人神阻隔的另一個世界，一時又吃不準「再教育」的世俗含意，便不敢把知青同潮汕等地農村勾兌出來的新移民一樣看待，親熱中含多幾分敬畏。

知青大多還沒來得及在宦海裡履踐，全不懂面對趨奉式的好意，只管不動聲色照收不誤，對於保持乃至強化一種居高臨下的地位，其實具有何等重要的意義。他們不待擺放好行囊，便急吼吼地分辯道不是來鍍金的，是要在廣闊天地幹一輩子，早日學出老職工的模樣呢。

光說說也罷了，偏又搏了命地往實裡做。也一律赤腳走路，也一律冒了雨出工。不幾日工夫，隊長指導員在大會上宣布說，日後起床出工什麼的，都聽敲鐘，不用等我們來一個個喚了請了的。

知青聽了，才曉得做工農大眾中人，似與做首長不一樣，沒人哄著供著的了，你已然是了。原本是無須拉開架勢修練上那麼一程的。

偏又不甘心沒個區分，不忍全然忘卻恍若隔世的城市履歷，於是不由自己地將鄉情親情放得極大地品視。

鄉情的重溫，除去逢年過節肆無忌憚的眼淚與兩年一度的探親假期，唯有借仗一「侃」，方可得以炫耀式的坐實。但有機緣，那許多圍繞城市生活展開的話題，是要湊在一起說了再說，越說越忘情不得的。眾人便在這交談中，一次次將心靈淘來洗去，品出自己終不失為城裡人的種種非比尋常之處、之癖。

相比之下，親情的感知與展示，唯有仰賴信函郵包等等實物來坐實，得來也就不那麼隨心所欲，空靈飄逸。其時，海南只是廣東省管轄的一個行政區，對外交通，全仗水運。一遇颱風，一封信走上十天半月，是極平常的事。彼時，各地各家又都捲裹在「文化大革命運動」裡，光禿禿一個窮字全寫在明處，像火柴、肥皂、電池、白糖、豬肉、食用油等等，莫不是政府摳著戶口、家裡人掰著指頭調度的緊俏貨。就算是偶爾打在郵包裡寄了來，也是自家人從唇齒間籌措的。唯其得來不易，周期未卜，知青收著，心裡受用不受用的，另當別論，臉面上卻如同入了黨一般風光。

郵件如同僑匯，在物質與精神兩個層面，將知青從農場工人中擢拔出來。

郵件如同臍帶，繫結著知青與遠方的親朋和都市。

大凡知青，沒有不把郵局奉若嬰兒的臍帶的。

我收到的第一個郵包，是朋友從北京寄來的，裡面有三條肥皂、幾節電池。在當時，這些東西相當於一個北京居民半年的配額，相當於海南農墾人家一年以上的定量。而對於我來說，這更是一份全然無法估量的情誼。

不知為什麼，我執意當天下午就去把郵包取回來。天陰著，烏雲翻滾不定。

單程距離是十二公里。返回時，已是黃昏。

雲層沉沉地壓下來，天地漆黑一團。猛地，眼簾打進一串弦狀強光，一聲霹靂隨即在當頂炸裂。我本能地蹲下身子，顱骨震得又痛又脹，劈劈啪啪一陣響，一株尺多粗的小葉桉裂成一個倒置的「人」字。

這一下，我算嘗到了厲害，再不敢大意，緊貼著道旁的防風林帶，弓著身子往前挪動。

炸雷則半步不捨，一個接一個地兜頭爆響，枝枝叉叉與冰雹般的雨點惡狠狠地往身上臉上砸。我驚懼得近乎麻木，口裡叨念個不停，真不知還能不能活著回去。

午夜時分，我終於平安歸來，而我躲過的最後一顆霹靂，竟炸裂了村邊那座小橋的水泥護欄。

隊長說你不知雷公厲害，年年打死幾百頭牛，幾十號人呢。

老工人說這人命硬，雷都劈不動。

知青的命並不都是這般硬。

一九七〇年夏，離我們五公里遠的東山分場，組織知青冒雨搶種膠苗。雨越下越猛，雷電越來越疾。眾人無奈，紛紛撤下高坡。

坡下立著指導員。他高喊著語錄，鼓譟人們掉頭衝上去。結果，一聲悶雷從天而落，將一位廣州知青燒焦了半邊身子。

奄奄一息的知青，被送到醫院作明知無望卻不能不作的搶救。數百名知青聞訊趕來，守在醫院外，默默無語，神色黯然。

從此人人知道了雷雨的份量。

至於那位指導員日後還喜不喜好頂著雷喊語錄了，無人知曉，也再未見有人提起。那年頭，幾乎所有的標語口號，都對知青擁有莫大的蠱惑力。這是不是時下有識之士津津樂道的，所謂事業的凝聚力與革命的理想主義，我說不好。好在，說得天花亂墜的與聽得挺來情緒的，眼下也都沒在雨裡雷裡站著。

日子一天天過著，知青的信還是很多，郵包還會有人收到，只是稍見稀少。眾人仍被喚作知青，仍須再五再六地「再教育」下去。所以，無論團裡連裡，大凡遇上開荒搶險爆破這一類事情，知青少不得忝列首選。

也便有更多的機會，近距離地觀賞各種各樣的風雨雷電。一來二去的，知青學乖巧了些。最苦、最累、最險的活計，明知躲不過的，索性作姿作態地迎上前去。接手之後，卻加了小心，各自尋些竅門出來。

風裡來雨裡滾的，於人於己，漸漸都已視若家常便飯。

一活到這個份上，也就不難調度了。

一九七一年夏秋時節，十三號颱風從農場破腹而過。那時，我們已經住進了磚石房。只要不出去，只要門窗緊閉，颱風經過時，就不會有太大的危險。

颱風是傍晚時分蒞臨的。先是滾滾驚雷挾風帶雨，排山倒海般自北而南掠過。樹身開裂聲、枝叉斷折聲、茅棚坍塌聲、碎石橫飛聲，自遠而近，混成一片。屋頂劈劈啪啪一陣亂響，瓦片應聲開裂，雨注直瀉進來。

持續了十來分鐘，風勢驟然減弱，雨聲趨於平緩。人人心裡明白：此時，此地已處在颱風的中心區域，即所謂「颱風眼」裡。半小時之後，颱風圈的另一半，將反旋著風向橫掃過來，那才是無數次聽人餘悸不減地講述過的所謂「回南」。

半小時左右，隱隱聽到一陣沉沉的吼哮擦著地皮，遠遠地滾過來。接著，風聲、雨聲，雷鳴電閃，遮天蔽日壓下來，死死地罩在當頂。我們恍若棲身在一條小船上，在茫茫海浪間顛簸著。

正在這個當口，響起一陣急促的鐘聲。知青們相互看看，草草收撿收撿，一頭扎進風雨裡。

門外是黑漆漆一團。雨下得正緊，雨水鈍鈍地打在身上臉上，人人眼前擋著厚厚的水簾。手電筒照不出二尺遠，我們只能全憑記憶朝集合地點摸索。風吹得人踉踉蹌蹌，雨衣被撕成碎片。我們手拉手地弓身而行，一旦走散了，便可能被狂風掠捲去。

就這樣，救人，攔牛，扛化肥，支護險房，我們在風雨中整整忙碌了一個通宵。個個精疲力竭，鼻青臉腫。

天亮了。

地上，厚厚一層殘枝敗葉；水窪裡，漂著一隻隻死鳥。磚石房掀去了瓦頂，茅草棚倒塌殆盡。高高的防風林枝葉盡翦，粗壯的樹身或橫斷，或縱裂，或斜倚，或平臥，一應俱全。橡膠園慘不忍睹。菜園被夷為平地。河面漂著青枝綠葉，死貓爛狗。電話線七零八落，公路被傾倒的樹木徹底切斷。

過後，我說不好我們為什麼還會幹得那樣出色，那樣忘我。

二十年後，當我有幸重遊故地時，海南剛剛發生了震驚全國的「走私汽車案」，整個農墾系統瀕臨經濟崩潰。

我只逗留了三天，便不得不依依離去。

時值春季，久旱無雨，我卻牢牢記住了兩個字：雷雨。

殤情

一曲〈小芳〉，唱紅了大半個中國，連帶著，也給近年來自我感覺越發良好的「前知青」們，送上了一個不大不小的玩笑。這個近乎都市嬉皮式的音樂造型，在習慣於機械地觀照一切藝術形象的國人眼中，會不會真的還原為一代知青，似不必過分計較。至少，文藝創作對於知青生涯的化用，漸次淪落到了「戲說」的份兒上，已屬不爭。

走過的路，經歷過的人與事，尚且未敢全然忘卻。是幸是不幸，或者只有旁人看得明白。《紅樓夢》裡愛得死去活來的男男女女，算起來，都不過十四、五歲上下，倘若生在當今，也只是初中生這個年齡段而已。前幾年，社會上為中學生的早戀現象嚷嚷了好一陣子，不知是娃兒們真的是因為補藥下得太猛而提早發育了，還是他們的父兄輩小時候太缺油水，總也發育不起來，如同亂石崗上栽的小老樹，輪到再不該不開花結果的時辰，早已過了青春勃發，情動於衷的節令。

我上的中學是所男校，有沒有暗戀過老師什麼的，確實記不得了。好在，只念了兩年書，就攤上「文革」了，讓人豬呀狗呀地看待了一陣子，便隨著洪水般的「上山下鄉運動」，溜到了海南島，總算沒來得及「戀」上一道兩道的。

按照弗洛依德的觀點，十六、七歲的男女，該是很明白性這個字的方方面面了。怪的是，想當年，關於性心理的和生理的本能，我們或許都有些不肯示人的切身體驗，但說到性的經驗與自覺意識，我敢說個個是一張白紙，甚或根本還不知道自己該往這張白紙上畫不畫、畫什麼。所以，全連三十多位知青，誰也沒看出我們中間的一位，竟是帶著身孕來海南的。

她是位廣州知青（注：姑且稱作「阿敏」吧），個子不高，膚色白皙，眼睛黑黑的，右腮上綴著個酒窩。她帶來的行李稍稍大一些，手腕上配著一塊錶，比我們都要闊綽出好大一截子。

印象中，阿敏初來的時候臉上也還有笑，偶爾眾人說笑得興起，她也會嘻嘻哈哈地幫襯幾句。如果說有什麼特別的地方，也就是她的眼神時不時地泛著一絲憂鬱的呆滯，走路的樣子也彷彿稍稍異樣。記得剛到隊上的幾日，本地的婦人們對她有過一些竊竊私語，欺我們聽不懂海南話，甚至不避我們。經指導員在大會上一通訓斥，這些議論很快也就平息了。

那時還是冬季，終日落雨。身上穿得厚，又總罩著雨衣，阿敏的身孕，一直到三、四個月以後才赫然顯現出來。

阿敏屬未婚先孕，這樣的事，按照當年的政治標準和倫理道德觀念，可是一種了不得的劣跡。礙於知青政策，場方網開一面，未作處理，只令她寫了一通檢討，便不了了之。可是，誰也止不住方方面面的非議和白眼。而輿論，才是足夠逼死一頭牛的力量。

阿敏變得寡言少語。知青們也對她不理不睬。

又過了幾個月，阿敏產下一個女嬰。出院回來的第三天，阿敏收到廣州寄過來的一個大郵包，裡面有嬰兒的衣物和三百元錢，還有一封長信。阿敏看後，哭得極慘。聽女知青們私下說，那男人在廣州工作，嫌阿敏全然沒可能調回去，已經跟別人結了婚。

阿敏沒有母親。阿敏不會作母親，她好像也打定主意不這麼窩窩囊囊地作母親。滿月一過，阿敏變得異常歡快，到處湊熱鬧，把女嬰甩在集體宿舍裡，餓一頓、飽一頓的，毫不介意。一天天過去，嬰兒的啼哭越來越微弱。

知青們幫阿敏把死嬰埋了。

阿敏在墳前哭得死去活來。

不久，阿敏請調到另一個連隊。半年後，阿敏去了島內的一個農場。

一年後，我們聽到阿敏病亡的傳聞。

這時，我們之中，已經有兩位半遮半掩地「好」上了。

如今想來似乎是件哭笑不得的事：所謂好上了，就絕大多數知青來說，更像是一種純精神的聯繫，一種心理的和義務的承諾。其形而下的表現，無非是男的幫女的幹幹力氣活，女的幫男的縫縫補補。閒下來，兩個人喜歡湊在一起說說悄悄話，一起改善改善伙食，如此等等，僅此而已。這種現象如此普遍，是因為歸屬個人的時間與環境實在少得可憐，還是我們當年也只配締造這樣的戀愛模式，就是今天，我依然不能想得條分縷析。

我還記得他倆的名字，他倆在眾人眼前張張揚揚的戀情過程。男的，是位吃苦耐勞、實幹精神極強的廣州知青，出身華僑地主，政治上卻很積極，人緣一流；女的，似乎一切平平，甚至可以說口碑並不那麼好。所以，當初一聽說這件事，至少是男知青們，大不以為然了好一陣子，口快心直的，還三番五次地勸阻過。可眼見他倆依然故我，越走動越親熱，漸漸地，人們也就認可下來，不再說三道四。

這段戀愛故事，大約延續了年把光景。那年春節，女的回廣州探親，從此一去不返。據說，她的姐姐突然病故，留下個三、四歲的孩子。姐夫並不很討人喜歡，卻是廣州的公職人員。一家人盤算來盤算去，既怕那沒娘的孩子日後受虐待，更惟恐這邊的姑娘真地跟個「狗崽子」在海南扎下根，一輩子再沒出頭之日，於是力勸她嫁給姐夫，一了百了。女的動搖了，妥協了。

就這樣，我們目睹了又一個愛情悲劇。

這種悲劇，隨著時光的推移，越來越多。故事的開端和結局千變萬化，而不變的動機，則是不顧一切地逃脫知青所面對的現實與前景。他們以自己的孤注一擲，昭示了我們並非時時痛感著的、甚至是感覺日漸麻木的境遇。我們中的絕大多數，則對這些同齡人的拍賣自己、出賣感情，表示極大的鄙夷與憤怒。想來，我們的這種反感，既出於那個年齡段之於純真愛情的無保留的認同，也出於我們木人同樣在自尊和自信上受到了傷害。

事隔多年，當我有了更多的閱歷，看倦了那些為著走出國門，為著攀援權貴，為著一擲千金……而重蹈覆轍的人與事，我對我的那些同齡人不禁有了更多的同情與寬容。畢竟，他們的賭注，是身陷困境萬念俱灰時擲出的，而在他們這樣做的之前或之後，無數龍子龍孫們卻是倚仗權勢，輕輕鬆鬆地走出了知青行列。正是這些逃脫，迅速地瓦解了我們的意志，啟迪我們走出去，走回去。

如今，那些為著搶出自己而賭上自己的人們，有的還在承受著昔日的苦果。當年，有位北京姑娘與我同時來到海南，並且分在一個連隊。一九七〇年初，她在回家探親的火車上，結識了一位海南籍的軍隊幹部。不久，兩人結了婚。姑娘以為出頭有日，殊料，夫君卻累於她的出身，很快被處理轉業，回鄉務農。姑娘雖不甘心，生米已成熟飯，只得棄了一切，進了農家小院。八十年代末，我在北京街頭與她不期而遇。她說拖了好幾年，今年狠狠心賣了頭豬，總算能回來看一眼。她又黑又瘦，憔悴得不忍正看。

儘管時有種種不忍看與不屑看的事例發生，知青在農場生活了兩三年之後，還是如同飛蛾撲火般，趨近愛情的漩渦。

這，或許因為海南正是青春勃發、生機盎然的所在。

在這裡，種種生命奇觀，隨處可見。

我見過一株小葉桉，據說由於種樹人一時疏忽，沒有除去扎在它身上的一小環藤蘿。時光流轉，樹幹已盈尺，藤蘿依然活著，死死地箍在樹幹上。被箍住的地方，小葉桉聳起棗核形的一圍木瘤，直徑足有兩尺。立足樹下，仰望高高的樹冠，不禁砰然心動：這是何等強悍的生命力呵；

每逢春夏之交，一場大雨過後，地面便有無數蟲翅。那是告別故廬的白蟻們尋覓新領地的證物。有人說，非洲的歷史藏在白蟻的牙齒裡。在海南，白蟻的蹤跡，同樣遍及時時處處：石牆上的那條不斷向上延伸的泥線，或是屋脊上那種日夜不歇的低低的噪音。面對吞噬一切的小小白蟻，人類束手無策；

最激動人心的，還是熱帶雨林。無論是高懸枝頭的蜂巢蟻囊，還是紅得誘人的烏鴉果（注：一種香瓜大小的野果，據說有劇毒），無論是綴滿藤蘿的巨木，還是亭亭玉立的假檳榔，無論是撞斷樹幹的山豬，還是閃動著美眸的坡鹿，甚至是半尺長的紅蜈蚣與口中呼呼噴風的眼鏡王蛇，都昭示給人一種本於生命的搏擊，本於生命的拓展和組合，本於生命的存在與消亡。

在這裡，生與死的糾結，永恆且變化無窮。擴張與株守，等待與出擊，分解與纏繞，都在無休止的生息中實現著永恆。

在這裡，一切有生之靈，只醞釀生的衝力；即使在它們接受死亡的時刻，也傳遞著別一種形式的降生。

那是一片永遠蒸騰著熱望與生命的紅土，一隅包容得進所有的死亡與新生的疆域。那種野性的狂躁與無序的繁衍，交織出生命不屈的莊嚴與生靈本原的輝煌。

當年的我們，卻似乎並未能真正讀懂這本由天地共同擎托起的大書。那書裡，只講述生生不息的交織，與包含在生命中的何等可敬的承受力與搏擊力。

是的，真是沒有人去那樣讀過、那樣想過。太陽出來時與月亮出來時，我們感受到的，僅僅是生命的無可奈何的流逝；每每闖入夢裡的藤蘿、蜂巢、蟻囊，也只是帶給我們一種短暫的刺激。生命，在它所能象徵的意義裡，是一片無望的空白。所以，就是在某一天，我們突然會為那奇妙的一瞥砰然心動，揣著莫名其妙的口實湊到什麼人跟前的時候，也不曾有人想得明白：為什麼拘囿在這片土地的一切生命竟會如此躁動不安。

或許，當知青們飛蛾般奔向感情的漩流時，於他們中的許多人來說，也只是意味著他們對於命運的一種無可奈何的認可，對於青春的一種肆無忌憚的揮霍，以及對於人生的一種太過平庸的乞討罷了。

當八十年代中期，返城知青雲集簡陋的教室，滿頭大汗地補習高中甚至連初中都不如的文化課程時，人們才看出：原來，這沿用多年的「知青」一詞，竟不過是一種歷史的假定。「知青」只是一代無知之青，既沒有滿腹經綸，也沒有看多幾眼太平盛世的機緣。

當年，就是這樣一批青少年，應合著歷史的怪圈，走進一個個全然陌生的山鄉林場，從事極其單調繁重的體力勞動，承受貧瘠得超乎想像的物質文化環境。與此同時，他們又被課以終生廝守這樣的生活方式和生存境遇的「再教育」，在一個接一個的政治運動中出乖露醜、奔突沉浮。

他們的胎教中，浸透著服從，服從尊長，服從權威，服從社會此時此刻正在宣揚的一切。他們儘管參與過官方允准的「造反」，卻不曾有抵擋社會潮流的思想與意志、能力與經驗。所以，從他們被稱作知青的那一天起，他們就不曾設想過命運的抗爭。他們只會盡其所能，去適應這脫胎換骨式的人生逆轉，去適應社會規劃給他們這一代人的一切。

在被框定的視野中，他們竭力尋求政治的和民間的榮耀，尋求與真正的科學文化知識並不搭界的自信與自豪。如果不出現那些逃脫，如果沒有那許多不能不有的失望與幻滅，他們中的相當一部分（——很可能是絕大部分），就會在一個不太長的時期之內，在「廣闊天地」扎下根來。

現實卻與這種種的「如果」無緣。

就連愛情和意中人，也在殘酷地轟毀著知青心中一息尚存的光榮與夢想。

於是，他們一點點、一步步走近失望，絕望與頹唐。

於是，他們變得心灰意冷，他們變得肆無忌憚，他們狂躁地逆反著社會的與作人的一切規範。

知青走到了末路。

在我生活過的那個農場，有一座中型水庫。一九七四年春夏之際，每日都有上百名男女知青聚集在那裡練習游泳。他們練得廢寢忘食，游得精疲力盡。他們邊游邊喊：對岸就是香港，衝呀……

我只準確地知道其中的一個名字。很久以後，我聽說他因五次偷渡，被判徒刑。

浪遨絳

「浪遨絳」，是一個人的渾名。不先作些解釋，只怕連海南人，也看它不懂。

「浪遨」二字，是海南話中，一個常用詞的音譯。大致的含義，是形容這人、這話、這事，竟是何等地不通情理，近乎白癡。說的時候，通常是「浪」字咬得重且長，「遨」音呢，則輕且短地含在嘴裡。一聲「浪遨」之後，接下來，便轉入正題，繪聲繪色地道出自家對於這人、這話、這事的一大套真知灼見。可見，這個詞的用法，恰如同說書人口裡的「定場詩」一般。

「浪遨」既是恆常地用作發語詞，添些語氣、表情乃至動作上去，就可以把說話人的情感臧否，強調得很是聲情並茂，溢於言表。一逕這般說用著，多少輩傳下來，如今再若想讓口裡的這兩個音，不帶半點感情色彩，反倒不那麼「順嘴」。此時，不光「浪」與「遨」的音長與音強，須說得大致相當，所表達的意思，也近乎明目張膽地詬罵對方曰「白癡」、是「瘋子」之類。想想看，即便是帶了開玩笑的口吻，臉對臉地這麼作賤別人，不也極有可能惹得對方驟然變了臉麼。退一萬步說，哪怕對方真的智商低下，或者神經系統存在問題，再怎麼罵，他也沒反應，你不也必得事先尋思尋思：真把「浪遨」這兩個音噴吐出來，人家的親朋故舊，就肯善罷干休麼。

縱有種種約定俗成的顧忌，還可以若無其事地把「浪遨」同一個人的名字串接在一起，以至久而久之，遠遠近近，沒人不知道，也沒人不是這般地稱呼這個人，以我在海南「上山下鄉」四、五年的時間閱歷為限，該說是極其罕見的事。我能舉出的僅有一例，那就是按照本地習俗，本該稱他作「阿強」或是「阿強哥」的這位「浪遨絳」。

「浪遨絳」姓王，「絳」則是「強」的海南話讀音。按照海南的習俗，稱呼同輩或是晚輩，通常是取其名字的最後一個字，前面輟上個「阿」字，若還想表示尊敬或是客氣，則在「阿X」之後，再附上個「哥」或「姐」字。照這麼推測，那麼「強」字，無疑是「浪遨絳」本名的最後一個字。

那麼，「王」與「強」之間，是不是還有個字，若有，又是哪個字。這一點，我還真是從來沒聽人提起過。即便是在最正規的場合，幹部們在不得不提到他的時候，喚他一聲「阿絳」，已然算是很高抬他了。眾人呢，冷不丁聽到「阿絳」這個名字，若非思忖片刻，未必個個曉得這是在稱謂誰。所以，儘管我與他，在同一個茅草棚裡作近鄰，差不多有一年半時間，在同個生產隊（時稱連）作農工（時稱兵團戰士），也有四、五年光景，甚至是直到最後，我離開海南時，他的全名，我還是無從知悉。

不光沒人說得出「浪遨絳」的本名，我敢說，若非他那個「臭名昭著」的父親，甚至不會有人知道他姓什麼。他是個「浪遨」。知道他是個只曉得傻呆呆地搏命幹活、搏命吃飯，累啦飽啦，便倒頭呼呼大睡的白癡，曉得他是個就連說上一句整話，都顯得那般地艱難的壯勞力，也便足矣。知不知道他究竟姓什麼叫什麼，於他，於人，都沒有任何的實際意義。

這個呆頭呆腦、體壯如牛的後生，卻是我們四個北京知青、兩名廣州知青來到生產隊的頭一天，指導員在為我們安排宿舍時，就正兒八經地講起的人物之一。

指導員說，連隊前幾天，已經來了二十多名廣州知青。兩屜桌、長凳和床板，倒是早都預備好了。只是，沒房。不光沒有磚瓦房，茅草房都建不及。臨時騰了小學校和木工房，四個人一間、一幢茅草房住十二個，總算把先到的知青，權宜安頓妥當。如今，又來了你們四女二男，還需要尋兩間屋。尋是尋下啦，只是，不知道你們敢不敢去住。

卻原來，他說的，是一向用作牛舍的一幢茅草房。牛住的地方麼，不光與連隊的生活區，足足拉開三、四百米距離，而且，味道自然不那麼宜人，跳蚤之類的小生命，也多得驚人。不過，指導員說出的這個「敢」字，還不是著眼於如是「區區」之處。他說的，是牛棚的居中一間，住著個歷史加現行的兩料反革命，名叫王德南。

指導員介紹說，王德南祖籍海南，三十年代，從日本一所著名學府的機電系畢業。日偽時期，曾擔任海口電廠的技術員。抗戰勝利後，國民黨又委派他作了海口電廠的廠長。解放後，王德南仍留在海口電廠，擔任過總工程師和技術副廠長。解放之初，黨曾派他去香港，利用當年的老關係，採購一批急需的發電設備。設備是買回來了，王德南卻趁機與國民黨特務組織，接上了關係。新安裝的發電機，運行不久即發生了爆炸事故。由於已經過了試運行階段，作為安裝工程師的王德南，雖說沒有直接責任，還是被列為重點懷疑對象。可查來查去，總也查找不出過硬的證據。沒奈何，只好胡亂尋了個理由，給他戴了個「壞分子」的帽子，將他下放到農場裡。「文革」一起，王德南即成了此地的頭號「群專對象」。至於他的兒子麼，小時候患過大腦炎，既聾且傻，只是——指導員叮囑道：最好別搭理他，千萬別好言好臉地待承他，否則，纏起人來，沒個完。

指導員說，把王德南和他的傻兒子安排在那幢茅草房住，原是防備他混在群眾中間，進行反動宣傳。但是，這樣一來，他在房子裡的活動，也就很難監控。如今，聽說咱農場來了四位北京知青，隊幹部們一合計，都覺著從毛主席身邊來的紅衛兵小將，絕差不了。所以，爭著搶著要了你們來。來了，就想給你們身上壓擔子，讓你們在階級鬥爭的第一線經受鍛煉。當然麼，放你們到那般危險的地方，我們也擔心。萬一出了問題，我們跟毛主席他老人家，沒法交代。所以，我們再一道細想想，若沒把握，換個住處，也行。

一行六人，有誰肯說「不」呢。

明明還有一男一女兩位廣州知青在場，指導員卻只把北京來的如何如何，掛在嘴上。一時間，很讓我感激涕零，受寵若驚。要知道，自打「紅八月」開始，因為家庭出身，幾乎再沒從「組織上」——無論是「紅衛兵」之類的群眾組織，還是所謂「三結合」的學校「革委會」、乃至班級的「領導小組」那裡，得到過好臉色。想不到，離開北京，來到海南，「北京人」卻成了金字招牌。一句「毛主席身邊來的紅衛兵」，讓我不由得認定自己來到了一塊福地，這裡，不會再有人計較我的出身。我需要做的，只是如何通過自身實實在在的努力，不辜負人們的囑望與信任而已。

就這樣，滿懷著對於新生活的熱情，滿懷著對於如此信任自己的黨組織的感激，我們在昔日的牛棚中，在「漢奸兼國民黨特務王德南」身邊，駐紮下來。這一住，就是一年半時間，直到隊裡蓋起了那幢石磚瓦頂的知青宿舍。

委派我們住牛棚，目的是監視王德南，這一點，指導員說得很明確。為這，旁的知青，私底下，還曾報怨過指導員「偏心」。可住下來之後，我們幾個才發現，指導員疏忽了一個大問題，那就是我們根本聽不懂海南話。

聽不懂，便下苦功夫學。連上中學時學英語的笨法子，也派上了用場：我請來一位海南知青，把吃喝做睡之類最常用的生活用語，與投毒、放火、殺人之類「現行反革命常用語彙」，一一注上音。再一個、一天天地記誦。大約半年左右，海南話，竟被我聽了個八九不離十。一年後，還磕磕絆絆地上了口。

而在會聽能說之前，我們就已經盡心盡力地履行著監視王德南父子的職責。當然，所能指靠的，唯有自己睜得不能再大、擦得不能再亮的眼睛。尤其是住進牛棚的最初幾夜，我們幾個，竟連睡覺，也是事先排了班的。

這倒不全是因為我們巴望一夜之間，成為勇鬥階級敵人的英雄。要知道，入住的這幢茅草棚，孤懸一隅，原本讓人揪著心。而把茅草棚一分為三的所謂「牆」呢，初建的時候，也只是在樹枝編成的籬笆上，黏了層寸來厚的泥草。偏又不到頂，不足兩米高。莫說這樣的牆，原本擋不住誰，輪到我們入住的時辰，牆泥已然脫落了兩三成，隔壁住著的，若想不相互看見，反倒要存心規避規避視線才成。所以，對方若真是狗，情急之下，亦無需乎「跳牆」。睡在床上，手臂直上一直，也足可以送把刀進你肚裡。而我們呢，二男四女，都是剛出校門，初離家門，凡事都還似懂非懂。赤手空拳地，冷不丁身邊睡著個明打明的「階級敵人」，嘴上不說，心卻懸到了嗓子眼。為防萬一，起初我們不光排了班睡覺，人人枕頭下邊，還放了把鐮刀。

所幸，落到我們眼裡的王德南，委實不值一怕。印象中，這人五、六十歲年紀，鬢髮斑白。長方臉龐，眼睛很大，膚色赭黑。四肢雖粗茁，個頭卻很矮，彷彿腰部有傷，上身總是斜斜地前弓著。除了批鬥會，像「天天讀」和每晚的政治學習活動，王德南是沒有資格參加的。每天，他也和我們一樣，到林間勞動。只是，午間和傍晚，他必須挑水沖洗廁所。這項活計，大約要占他兩三個小時。我呢，習慣於午睡前，去廁所蹲上一陣。日日見他低三下四地擺弄臭哄哄的糞便，不由得，越發地覺著這對手一副委瑣不堪的作派，也太不值得一「悚」。

反倒是他的兒子「浪遨絳」，讓我們幾個，時常哭笑不得。此人的長相和體形，與他父親很像。年齡看似大我們兩、三歲，發育得很是健壯。只是，傻得讓人幾乎找不出半點理由，正兒八經地提防他。

還記得，初次領到鋤頭，木柄怎麼也裝不妥貼，在毒日頭底下，忙亂了好一程，還是不得要領。「浪遨絳」呢，始終不錯眼珠地蹲在一旁看，且看且笑，津津有味。讓這麼個白癡看笑話，著實讓人「搓火」，正待給他幾句，他卻湊上來，口裡一邊嗯嗯啊啊地說著任誰也聽不明白的什麼，一邊不容分說，一把奪過我們手裡的東西，又是削又是砸。片刻功夫，即大功告成。

這一來，我們作了難。謝他麼，一想到王德南，「大是大非」上，誰又能含糊呢；不謝吧，人家畢竟為你忙了個滿頭大汗。正不知如何是好，卻見「浪遨絳」已經因為自己竟如此駕輕就熟地完成了我們做不成的業績，而得意洋洋，手舞足蹈，剎時間亢奮到了極點。

亢奮起來的他，不管不顧，口裡哇哩哇啦地嚷叫著，再三再四地為我們演示安裝鋤柄的操作流程。比劃了好一陣，他又想起我們挑水的本事，同樣差得很。於是，不容分說，示意我們從屋裡取出水桶和扁擔，先是怪模怪樣地摹仿了一番我們平日如何挑水，爾後再一次次、一個動作一個動作地為我們演示挑水的正確姿勢。我們尷尬地強笑著，眼裡噴著火，卻不知該如何收場。不知不覺，午睡時間已過，應著鐘聲走出家門的一眾男男女女，圍了一圈，個個笑得前仰後合，如若看猴戲。指導員見了，緊皺眉頭，很是痛心疾首的神態。

看得出，指導員對我們，有些失望。

接下來，則輪到了我失望。那是在一九六九年農場改為「廣州軍區生產建設兵團」之後。農場（時稱團）組織了三、四百人的開荒突擊隊，我也奉令參加。其間，團政治部的一位姓蔣的參謀，找我談話。在他坦言「組織上」有意提拔些優秀知青之後，我向他全盤托出了自己的家庭出身。「前程」成了泡影，原在意料之中。意外的是，上上下下，一時間竟會如此大面積、大跨度地變了臉。在這場變故中，他們因為眼前有了我這麼一個活生生的例證，而轟毀了心中的那塊「毛主席身邊來的紅衛兵小將」的金字招牌；我則因為證實了家庭出身永遠比實際表現更強有力，而不能不轟毀從小受過的許多「正面教育」，尤其是因為家庭出身而令我不能不有的「原罪意識」。所以，三個月後，當我重新回到那幢茅草房時，無論表面上作得如何得體，內心深處，卻對「浪遨絳」，多了一些同情與憐憫，對王德南，更對身邊身外的「階級鬥爭」，僅僅持以置身事外的好奇心與觀察慾。

我的心緒，沒人知曉。監視之類的話，指導員已不再提起。只是，新宿舍還沒蓋起，我們還得住在王德南身邊。除去這幢茅草棚，隊裡再也找不到更合適的地方安置「階級敵人」。所以，在此後的年把光景，還有兩名「群專對象」進住過王德南的屋。他們和王德南，都沒想到此時我已經聽得懂一些海南話。所以，有時候，哪怕明知我待在隔壁，他們聊得依然很放鬆。

聊得放鬆，卻不等於無話不談。相互的話題，似乎永遠被小心翼翼地控制在「拉家常」的範圍以內。沿著這一現象，我漸漸察覺一種頗為有趣的事實：在總會是「占百分之九十五以上」的所謂「革命群眾隊伍」裡，積極要求進步的，往往瞧不上自甘落後的，出身好的呢，總不免睥睨那出身孬的，如此等等，司空見慣，似也不足為怪；可他們呢，明明業已淪落到了「占百分之五以下」的那「一小撮」裡，一併列為明打明的「階級敵人」，可現行的階級鬥爭理論和階級路線觀念之類，卻依然在相當大的程度上，左右著他們的思維，驅使他們相互心存芥蒂。你瞧不上我，我更是看不起你。

就拿第一個與王德南同住的「群專對象」來說吧。這是個高高大大的年輕人，膚色白皙得近乎病態。此人的姓名，我已忘記，只知道他原是部隊的通訊兵，利用工作之便，收聽了「敵臺」。事發後，部隊又查出他的生父是富農。這一來，他的罪行，也就具有了足夠的「階級依據」。於是，他被扣上「階級異己分子」的帽子，「清退」來這裡。初來乍到麼，總歸要批鬥一番，用意麼，正如同《水滸傳》裡說到的那一頓「殺威棍」。

批鬥會原是因為他而開，為他而開的批鬥會，總歸也須拉上王德南之流來「陪鬥」。倘若站在王德南的立場琢磨這件事，篤定會覺得「代人受過」，可這位「異己分子」呢，不承王德南的情，倒也罷了，偏又因為眾人強迫他與王德南這麼個「狗特務」比肩而立，嚷鬧了好一陣子。當然，他那真實無比、也強烈無比的憤怒，在眾人的嘲罵聲中，很快變成了一種近乎絕望的羞辱感，並且為此，多受了不少的皮肉之苦。但是，他的這一路怪毛病，卻始終沒能讓「革命群眾」給整治痊癒。直到他被押去別處，一到了批鬥會上，他還是要想方設法與王德南拉大一點距離。多少年之後，我讀到一本講述改造國民黨戰犯的報告文學，其中提到已是「階下囚」的國民黨高級將領們，也曾為同個監牢裡關、同個操場上站的，竟有一干日本戰犯，而一時激憤難耐。可見，這一路「倒驢不倒架」的自尊與自詡，和因之導引的閉目塞聽，竟是國人何其普遍、何其悠遠的品性。

這位「異己」的繼任者，我同樣記不起姓名。只記得那是個身材瘦小的海南青年，眼睛眨眨的，一副雖聰明卻很外露的模樣。他的罪名，是反革命殺人犯，即在「文革」時期的「武鬥」中，他與另外九名同案犯，將一位分場黨總支書記，肢解致死。

這是一樁曾使整個農場為之震驚的命案。

我聽本地人說過，海南自解放以來，幹部層中，始終存在著所謂「海南派」與「大陸派」的明爭暗鬥。「文革」初期得勢一時的「造反派」，大抵是本地人，揪鬥的「當權派」，則多為外省籍幹部和復轉軍人。這便是發生這樁命案的歷史背景。到了「大聯合」、組建「革委會」之後，所謂「大陸派」，苦盡甘來，雄踞上風。於是，先前很是作過一番惡事的「造反派」及其「後臺老板」——若干海南籍的幹部，便合乎邏輯地紛紛中箭落馬。

讓人難以置信的是，失勢者作下的這一樁臭名昭著的命案，卻一直拖到知青們大批量地湧入之後，還是遲遲不能正式審結。原因麼，則僅僅在於這十名共犯，無論如何整治，始終只說一句話：「是我一個人殺的，與他們九位無關。」其中，押到我們生產隊來的這一個，由於出身中農，比另外九個，「家庭成份」上差了一截。據說某一屆辦案人，本想拿他頂缸了事。無奈屢經誘勸，還是沒一個人改口。就這樣，案子久拖不結，十個人，也就只好分散在十個地點，交由群眾監管。

王德南呢，似乎對這個殺過人的傢伙，懷有厭嫌之意。有一天，我見他一把將「浪遨絳」扯回屋裡，好一通申斥。起因呢，僅僅是「浪遨絳」見那殺人犯踢腿打拳地練得熱鬧，一時來了情緒，咦咦呀呀，比比劃劃，略略親熱了些而已。那人呢，看來也對王德南，同樣是絕少好感。聊天的時候，他總喜歡拿日本鬼子是否真地信任中國籍的技術人員之類問題，弄得王德南無顏以對。

好在，他倆同處一室的時間，並不很長。

我記得，那是在一九七〇年「一打三反」開始不久的時候。有一天，隊上來了一位農村姑娘，說是海南文昌縣人，貧下中農出身，是這殺人犯的未婚妻，這一次，是帶著公社開出的證明信，前來完婚的。工作組給她講道理，她不聽；拍桌子斥責她，她不怕。於是，團裡開了輛吉普來，帶走了他們。此後，直到我離開海南，我再沒見過他們，也沒有聽說過關於他和她的故事。只是，這十名共犯的供詞，以及那一位不管不顧、一心要與命運未卜的「反革命殺人犯」完婚的青年女子，我始終記得。這，或許是因為我還從未見過人性的美與醜、善與惡，如此離奇地絞合在一起吧。

當然，這是純粹的「後話」。而當時，「一打三反運動」的如火如荼，已將很想「冷眼旁觀」的我，捲了進去。

開罷那個令我終生難忘的「一打三反公判大會」，趕回隊裡時，已是傍晚。「一打三反工作組」負責人蔣參謀，將我們八、九個「家庭不濟」的知青，單獨召集到一起，讓我們談談躬逢此番盛會的感想和體會。這個帶了太露骨的猜忌之意的命題，對於剛剛目睹了那些恐怖的場景的我們來說，至少，也該說是一種太過惡毒的挑釁與羞辱。更何況，既然明明知道自己已然被擺放到了「異類」的位置，誰還吃得準自己究竟是該比照「革命接班人」的身分，還是更該用「低頭認罪」的口吻，來完成這樣一份政治答卷呢。於是，一個個，也只有大眼瞪小眼地枯坐無語。

老蔣看看氣氛不對，忙把話鋒扭一扭，說你們都還年輕，時常敲一敲警鐘，絕不是壞事。

老蔣說，對階級鬥爭的複雜與尖銳，大家都要有清醒的估計。就說咱這海南農墾系統吧，都覺著經過這麼多年的深挖細找，哪還會有暗藏的階級敵人呢。可前不久，咱們選送去廣州，出席軍區的學習毛主席著作積極分子代表大會的人裡頭，就挖出個國民黨的高級軍官來。幾十年啦，人人都以為這傢伙只是個大字不識的放牛老漢，要不是見他來到大城市住進賓館裡，卻沒有半點怯生生的模樣，誰又會疑惑上他呢。

無論老蔣的本意如何，一眾知青，卻如蒙大赦一般，紛紛就坡下驢，講起了本隊的可疑之人、可疑之事。你一言，我一語，說得活靈活現，煞是熱鬧。然而，說來說去，點到的名字，或許人緣很差，或許品性不佳，或許覺悟不高，卻統統夠不上貨真價實的反革命。

老蔣越聽越沒情緒，到後來，索性放下筆，抬眼一個個地望過來。

「朱暉，別光坐著，也說說看」，末了，老蔣的目光，定在我身上。

我有點慌。因為，我還在想著那公判大會上的情景，想著獨獨把我們這幫知青篩選出來，討論這麼個怪題目，竟是何等地不近人情。冷不丁地讓老蔣點了名，不由得揪緊了心，一時估不準是不是被老蔣看出了什麼名堂，甚或是這點名本身，即預示了更可怕的下一步。

我強自鎮靜地順著大夥的話題往下講。講著講著，我看出老蔣的表情，顯得越來越不滿，越來越不耐煩。

我說不下去了。

停頓了片刻，不知怎地，我突然提到了「浪遨絳」。起初，說得很澀，很飄忽，漸漸地，說得來了情緒，越說越投入，一口氣舉出好幾件實例，指證「浪遨絳」很可能既不那麼傻，也未必真的聾。說不定，王德南就是為了保住自己，才指使他兒子裝傻充愣呢。

這可是今晚最具爆炸性的揭發材料呵。

老蔣聽著聽著，來了興趣。

這個不尷不尬的會，總算趕在午夜前結束了。我懷著極其複雜的心情，回到宿舍，躺到蚊帳裡。離起床割夜膠的時間，只有兩、三個鐘頭，我卻久久難以入睡。

老蔣的神情，讓我再清楚不過地知道，自己的話，絕不可能被老蔣一笑了之。雖說有關「浪遨絳」的話題確實由我挑起，雖說這樣做，自己確實含了「轉移視線」的用意，但，以十九歲的我的社會經驗，在剎那間所能想到詭計，不過如此，那便是：如此明白無誤的一頭「浪遨」，誰還會真因為我的一通胡說八道，而把他設想為心腹之患呢。撿了他來「出賣」，無非是並不想真地給誰帶來麻煩。誰承想，事情竟會一下子鬧到了這步田地。

萬一他確確實實是個「浪遨」，而又確確實實被我「賣」得極慘，豈不遠比出賣了一個稍有自衛能力的人，還要令人無地自容麼。

而此時，在我已知道自己闖下大禍之際，我卻連事先給他透透口風的機會都沒有。只能眼睜睜地看著。

何況，便是真有這樣的機會，我肯冒這個險麼。

這一年，我十九歲。

午間收工回來，已見不到「浪遨絳」的影子。據說，這天一大早，因為不明就裡，而高興得哇哇亂嚷的「浪遨絳」，就被帶往海口市的農墾醫院，作全面的體檢。

三天之後，「浪遨絳」垂頭喪氣地回來了。一連六、七天，只要遇上人，「浪遨絳」就會表情誇張地，將醫生們施加在他身上的種種令他極不舒服的動作，伴著慘兮兮的哀叫與呻吟，一一學仿出來。許是因為我們作過這麼久的鄰居，「浪遨絳」在我面前的演示，格外一絲不苟，聲情並茂。於是，這「浪遨」，讓我平生第一次，與受我之害者如此面對面地，翻來覆去地品味了自己的卑劣與殘忍。

同為不被信任不被同情的「異類」，絕不「浪遨」的我，哪怕僅僅為著擺脫一時一地的困窘，也可以心安理得地把一個比自己的處境和命運更加悲慘不堪的他，拋將出去，而根本不屑於設想這樣做，對於他來說，是死是活。

「浪遨絳」比任何人都傻，所以，他無法像聰明的我那樣，在那樣一種政治氛圍中，藉著犧牲他人，犧牲無辜者，來換取自身的苟全。

沒有人會顧忌他的權益，沒有人肯保護他的安全。唯一能夠保護他、保全他的，只有他的傻與聾。

尤其是在他的父親斃命之後。

起因很是簡單：工作組為了撬開王德南的嘴巴，連續審訊了他三個晝夜。快到中午的時候，王德南挺不住了。他說，我是特務，職銜是「國民黨地下先遣軍爆破隊副隊長」，海口電廠的事故，即是我一手策劃的。

工作組欲擴大戰果。王德南卻說，容我睡睡，成麼。

這天中午，我照例到廁所蹲了一陣，蹲著的時候，我照例見到王德南挑水進來。不過，他只進來了一趟，而不是照例的兩趟。

這是個星期天，不用上工。所以，我去廁所蹲過之後，沒有捨得午睡，約了個汕頭知青，鑽進橡膠園，去掏野蜂蜜。

我倆正煙熏火燎地忙著，隊裡有人神色緊張地跑了來，說王德南逃跑了。

我沒敢提及蹲廁所的那一段，免得人家懷疑我有牽連。

搜查王德南的房間時，發現他隨身攜帶了幾十斤糧票、百來元錢，以及一把電工刀。工作組認定，王德南意在遠逃甚或外逃。

通緝令迅速發往島內各縣。

五天後，夜暮時分，根據放牛人提供的線索，我們在一處荒草過人的防風林帶裡，找到了自縊身亡的王德南。

說來也巧，恰恰是我，第一個發現了他的死屍。

時值盛夏，他的屍身，已是腐臭不堪，腫脹之極。眼珠似被鳥蟲們啄食過，凹陷的眼窩上，密匝匝鋪著白胖胖的蛆。更多的蛆，遮覆了鼻孔之下、中腹以上的肌體。腫脹著的頭顱與肢體上，毛髮聳直。

卻沒人敢把他從歪脖樹上弄下來。

午夜時分，我們借著電石燈搖曳黯淡的光焰，深一腳淺一腳地走出這片陰森森的林地。濃烈的屍腐味，包裹著我們的身體，浸透了我們身上的每個毛孔。這惡臭，整整裹了我們一個星期。

次日午間，割膠歸來，在飯堂裡，遇見了團政治部王主任。這位人高馬大的山東漢，有過戰場經歷，講起上午「出現場」的情景來，沒有半點懼色。

他說，因為黎明時的那場雨，王德南的屍身，今晨已是頭體分離，肚子爆裂了，腸子散落一地。隨行的兩位民警，被臭氣熏蒸得不敢前行半步。最後還是王主任，取下了王德南隨身攜帶的一應物品，然後用五齒耙，把屍首拖進坑裡，草草埋了。

王主任說，午飯前，已經把王德南的死訊，告訴了「浪遨絳」。「浪遨絳」似乎聽懂了，臉上一度浮現了幾分悲態。可，很快，他的全部注意力就轉到了王德南遺留下的錢票、糧票、小刀和手錶上。尤其是那塊手錶，讓「浪遨絳」興奮已極。

又過了兩天，鄰近的村裡，有人氣哼哼地跑了來，說是野狗扒出來一條人腿，啃咬了一氣之後，竟拋在村口的公路邊。

而此時，「浪遨絳」已經將王德南的手錶，躊躇滿志地戴在腕上，逢人便高高地揚了手臂，炫耀一番。

老人們見了，不免慨嘆一番，都說人精般的王德南，篤定一輩子作惡多端，若不然，何以生養下這麼個傻心沒肺的孽子呢。

我卻聽兩位婦女私下說起：在得知王德南的死訊之後，「浪遨絳」一連四五天，沒怎麼吃飯。還有人聽見，起初的兩夜，更深夜靜之後，從那幢舊牛棚的方向，傳過來好一陣牛吼般的哀嚎。只是，「浪遨絳」是公認的「浪遨」，在人前，也總是照常的那副「浪遨」樣，所以，沒人留意。

此時，我們隊上的知青，都已住進了新起的集體宿舍。這幢瓦房，離「浪遨絳」的住處，離得很遠。所以，對聽到的種種傳言，我似信非信。

對這些傳言，我更不敢往深裡尋思。否則，我勢必再次疑惑「浪遨絳」究竟傻不傻，甚或設想他僅只是裝傻，且一逕裝得居然哄騙過了所有的人。

一九八五年末，當我重訪舊地時，我向陪同者問起了王德南。

「王德南麼，是冤案，早已平了反，墳也重修過。當時，還特地把他老婆從外縣接了來。」

那麼，他的傻兒子「浪遨絳」呢？

「前五、六年，王德南的老婆來的時候，把『浪遨絳』帶走了。前二年，有人說『浪遨絳』病死了，不知是真是假。」

我寧願相信「浪遨絳」已不在人世。

——即使僅僅為了忘卻那一次無從忘卻的出賣。

片兒警小韓

百姓的本份，是作順民；百姓的心願，是過太平日子。即使，當他們被折騰得實在沒辦法再從順下去的時辰，也興客串客串刁民、暴民什麼的。所以，若有哪個地界的老百姓特別地「富有革命鬥爭傳統」，那麼，這裡的「牧民者」，竟是多麼地喜好折騰百姓，也便不難想見；相應地，若是連「牧民者」有朝一日，也忽然慨嘆起「百姓可真是好哇」，則其麾下之草民，在逆來順受方面，已經「自甘」到了何種程度，也是可想而知的。

雖如此，活得再馴順的百姓，也總還是少不得有警務人員面對面地照應著：走在街上，有交通警察，回到家門口呢，則是管片兒民警。也因此，像「交警」、「片兒警」這類看似並不那麼規範的術語，至少在京城百姓中間，其所指與能指，絕不至於引出任何歧義。

交警與片兒警，雖是百姓打交道最多的警務人員，彼此真能熟悉得抬眼叫得出姓名、張嘴講得出脾氣秉性的，當以街道積極分子與片兒警這一組合，最為常見。而且，他們之間的交往與交情，似也顯得更自然，也更單純些。

片兒警，雖說日日在家長里短、婆婆媽媽裡泡著，論起來，卻是國家機器一日少不得的組成，名正言順的國家幹部（——如果不便稱之為「官員」的話）。至於所謂「街道積極分子」呢，至少是在五、六十年代的北京，不光絕不是一種入得了編制的行當，而且清一色地出自居民中的有閒之輩，諸如文盲、半文盲的家庭婦女，以及上了年紀的男人們。

從等閒之輩，到絕不可以等閒視之的所謂「街道積極分子」，其間的跨度，雖不好說得太過，卻也著實需要足夠多的實際內容，去逐步填充。比方說，五十年代，黨和政府，與老百姓之間，水乳交融得很是不一般。此時，大凡官方認為「積極分子」者，百姓呢，也是油然敬重三分的。反過來說，大凡在百姓中「口碑」尚佳者，官方呢，也油然視之為自己的積極擁戴者。於是，一批熱心公益、善待鄰里、奉公守法的居民，便從等閒之輩中，漸漸浮出，成了政府基層機構和相關的公職人員，重點聯繫的「積極分子」。

這時代的「街道積極分子」，大概也是「重在表現」，而並不特別地挑剔出身履歷。原因呢，我想像得出來的，無非有二：一則，需要組織居民參與的，也無非是逢年過節搞搞環境衛生、參加慶典上的群眾遊行隊伍、以及「除四害」、薰蚊子什麼的，絕少關涉「大是大非」。政治條件上，略略將就一二，倒也沒多大關礙；二則，居民中，閒人雖說不少，真有閒心、閒力，樂意過問家門以外的閒差者，畢竟有限。既是資源有限，不略略降一降篩選標準，豈不是存心跟自己為難麼。以這兩條考辨起來，無怪乎，連姥爺這樣的「反屬」，也能從五十年代起，就儼然乎公認的「街道積極分子」呢。至於說這頭銜，具體是什麼時間、為著什麼緣由落到他頭上的，我說不準確。只記得，我從很小很小的時候起，就見家裡隔三差五地來「民警叔叔」。無論他們是不是僅僅為姥爺而來，他們和他們的制服，給幼年時代的我，在心中鑄就的印象，卻是和藹可親、可信可敬。這樣講，不虛不妄。姥姥和媽媽在世時，講過多次的兩件舊事，即可引作鑑證。

一九五四年，新中國舉行了第一次「普選」。那一年，我才三歲。本是渾不省事的年紀，不知怎地，竟把這麼樁國家大事，聽進了肚腸裡。某天午後，保姆朱大媽一覺醒來，屋裡院外，左鄰右舍尋了個遍，卻不見我的蹤影。這場面的混亂，可想而知。直到傍晚時分，母親下班回來，總算有人想到該去派出所尋求幫助才對。殊料，大人們一進派出所，就見我心滿意足地睡在一張長椅上，嘴角掛著一絲口水，手裡還攥著半個麵包。

據民警講，他們是在派出所附近的馬路邊發現我的。當時，若不是我跑上前來，拉著民警的褲管，詢問哪兒是投票站，他們也絕想不到我是一個人偷著跑出來的。派出所離我家住的地方，隔了兩三條胡同，距離頗遠。雖說此前大人們抱著我來過幾次，可就連我，也想像不出當年我居然認得路。當然，認得來路，未必認得了歸途，講得清家長的姓名，所以，民警們說，他們只好坐等失主找上門來，再說嘛，也覺著這小傢伙挺好玩的。

第二個故事，則是由那位保姆朱大媽引發。此人的長相年歲，我統統憶不出了。聽大人們講，在我四歲（即一九五五年）之前，姥爺、姥姥還沒有從天津遷來。我們兄妹幾個，因為父親入獄，母親上班，家裡沒有人照顧。於是，這位朱大媽經人介紹，來到我家。

雖說都姓朱，卻非親非故，待我們幾個，也近乎慘無人道。比方說，她日日需要睡一個長長的午覺，倘此時我們吵啦鬧啦，她絕是不會放過我們的。打幾巴掌倒也罷了，偏喜好用長且厲的指甲，在我們的身上又抓又撓，又掐又擰。施刑後，還要威脅一陣，弄得我們吃了苦，卻不敢跟媽媽哭訴。偶爾媽給我們洗澡換衣服時發現了傷口，朱大媽會百般狡辯，死不認證。媽雖心裡有數，苦於現狀，也只有忍氣吞聲。有一次，不知為了什麼，朱大媽竟然同時對我們兄妹三個施肉刑。我被掐得火起，喊了聲「我去公安局告你」，逃出了我家的小院。朱大媽呢，根本想不到我真有這個本事，卻也不攔不追，穩坐家中。結果，一兩個小時之後，民警把媽媽從單位裡喚了來，護送我們母子回到家，並且當著眾人的面，給了朱大媽一頓狠狠的訓斥。從那天起，民警們有事沒事，斷不了來我們住的小院探望探望，嚇得朱大媽再不敢造次。不久，媽從天津把姥爺、姥姥接了來，朱大媽被辭退了。童年時代的這一層苦難，就此終結。

有趣的是，據姥姥和媽媽回憶，這位朱大媽，原是京郊的一個地主婆，土改中，全家被

「掃地出門」，沒了生計。朱大媽才在北京城裡，作了保姆。她對我們，下手如此狠毒，究竟是本性所在，還是心緒所致，我說不好，至少，我有把握說：同代人中，除了我們兄妹，還有誰，身上曾有「地主階級」留下的傷口，並且，由此更在童心之中，鑄就了一脈訴諸「民警叔叔」的親情與愛戴呢。只是，在那個極推重「憶苦思甜」的年代，這樣一份「政治資源」，包括我在內，竟沒一個人記得起，用得上。怪可惜的。

雖說從童年時候起，「民警叔叔」在我心中，即占有如此可親可敬的一席，可是，說來慚愧，我直到十五歲那年，才真地銘記下一位民警的姓氏。

他，就是片兒警小王，一位身材不高，臉色白皙，文文靜靜的青年。

這事，發生在一九六六年的「紅八月」期間。

那場席捲全國的「紅色恐怖」，怎地從隨意性極強的「破四舊」開始，不幾日功夫，逕直轉為專旨殺人劫貨的「抄家運動」的，我至今想不通透；這場「抄家運動」，究竟持續了多久，其間有多少家庭橫遭劫禍，又有多少人死於非命，迄今亦未見過誰費事統計統計。所以，說它是歷史的又一本糊塗賬，似不為過。

糊塗的歲月，卻還異常漫長。記得當年，一家老小，對天下大事，不正是尚處糊裡糊塗之際，頭一批「紅衛兵」便已破門而入麼。

因為還糊塗著，所以，事後一經發現在「小將們」公開抄掠和砸抄的種種之外，家裡的現金、國家債券、以及姥爹珍藏多年的一件青銅器，居然也不翼而飛，姐姐竟「斗膽」找到北京市第五十中學「紅衛兵總部」去核實。

核實的結果，是頭天來抄家那一群，手執棍棒皮帶，找上門來「還我清白」。

情急之下，我想到了民警。

片兒警小王，迅速趕到。

小王不急不躁，先讓當事雙方申訴一氣，爾後，認認真真作了筆錄。整個過程，如同平日處置一樁鄰里糾紛。這一來，弄得「小將們」沒了底氣，糊裡糊塗地被小王和和氣氣地「禮送」出去。

小王卻沒有馬上走。

他坐在我們一家人對面，和顏悅色地說道：破四舊、抄家，這些事，咱們都是頭一回遇上。一時想不通，也沒有什麼，只不過，千萬不要意氣用事。他們都還是十幾歲的學生，萬一說岔啦，動了手，你們這屋裡，老的老，小的小，政治上又不硬氣，不是找倒霉麼。錢呀物呀，受點損失，總歸是小事。哪怕抄家抄得揭不開鍋呢，也穩住勁兒，別尋死覓活地，再鬧出些是非來，咱黨和政府，還能眼瞅著讓誰活活餓死麼……

這位頭頂國徽的青年，和他所講出的話，給當時的我們，在心理上，在感情上，在大的思路上，所起的作用，竟是何等地巨大和豐厚，如今，我已不必一一盡數，甚至，也是無庸贅述。

如果不是此後不久，聽說了小王因為對諸多抄家戶「濫施仁政」，而以「階級立場不穩」等等罪名，被他的同行們和「街道積極分子」惡惡地批鬥了一程之後，從公安隊伍裡除了名，或許，我也不會如此長久地銘記著他。在他以自己的遭遇，證明他和他的那番話，其實根本代表不了「咱黨和政府」之後，我不可能不對這位民警，持以深深的敬重。

在最近的這二十來年間，我讀過不少追憶「文革」的文字。在這些文字裡，如今也已步入中年階段的我的同代人們，以很是容易引起共鳴的筆觸，敘述了他們的父輩，如何在一夜之間，因了莫須有的罪名，成了被抄家、遭批鬥的「走資派」。讀著這些血寫的人生故事，經歷過那個年代的人們，會情不自禁地憶及「紅八月」和「紅衛兵」，以及隨後的一些人、一些事。因了這追憶，久已淡忘的種種細節，可能瞬間變得清晰，有了條理。

因了這追憶，我想起這樣一個誰也無法否認的事實：「紅衛兵」的一舉成名，首要地在於他們充當了先鋒且扮演了主角的那場「紅八月運動」。而「紅衛兵」及其所成就的「紅八月」，在中國當代史上最駭世驚俗的創舉，一個是「破四舊」，再一個，便是「抄家」。「破四舊」，橫加損毀的，是各式各樣的所謂與「舊時代」有關的物；「抄家」呢，橫加損毀的，則是人，活生生的人，因為年齡體力，更因為國家機器的鎮懾，而不可能有任何自衛能力的平民——其中包括所謂「生在紅旗下，長在新社會」的青年、少年，甚至嬰幼兒。

「毀物」與「毀命」，雖是「紅八月」的兩大內容，但嚴格說來，那場隨意性極強的「破四舊運動」，也只是「紅八月」的肇始階段罷了，僅僅「破天荒」了三五天光景，便讓位於更其破天荒，也更其持久、更其恣肆的「抄家運動」。這，並不是區區「陋見」。在「紅八月」期間，北京市第六中學的影壁牆上，有「紅衛兵」用受難者的鮮血書寫的二尺見方的一條標語「紅色恐怖萬歲」，便是那一段歷史的主角，留予世人和歷史的很有說服力的「點睛之筆」。

「紅衛兵」雖是學生組織，組織路線，卻見出鮮明的血統觀念和門閥觀念。工農出身的學生，雖然構成了這一組織的群眾基礎，但，至少是就「紅八月」期間而論，這個組織的創始者，它的領導層，卻是由軍隊和地方的各級黨政幹部的子女，占了絕大的比重。不消說，此時，黨政幹部隊伍的受衝擊，還只是初步；其中，個人遭批鬥、家庭被查抄者，不僅數量有限，且集中在最基層與最上層這兩「端」。除此之外的所謂中間部分，大體上，包括了縣級以上、中央要員以下的各個級別。待到這一部分「中堅力量」，也開始廣受「蕩滌」時，「紅衛兵」的第一批首腦所組建的「聯動」，已成了官方公開取締的「反動組織」。

那麼在此之前呢，在他們的父輩還見容於革命營壘，因而他們還有資格按照「老子英雄兒好漢、老子反動兒混蛋」的邏輯，儼然充當著「紅衛兵」的創始人與天然領袖的時候呢，在他們策動並參與「紅八月運動」及其間的「破四舊運動」和「抄家運動」的時候呢，他們是否也曾親手製造過「血寫的人生故事」呢。

更重要的是，在過後的歲月，在他們也嘗受過階級鬥爭這條「綱」的另外一面之後，在他們如今書寫著關於「走資派」的血淋淋的人生故事的時候，他們記得起的與意識得到的，並且打算傳輸世人、曉喻後代的，是些什麼，還該包括些什麼。

一代有一代的人生故事。一代又一代的人生故事中，包含了唯有本著歷史的、民族的、人性和人類文明的良知，逐一地加以解析和反省，才有可能不再繼續傳承下去的東西。比方說，為什麼千百年來，中華民族會再三再四地骨肉相殘，而且，為什麼一經著手相殘，便很容易相殘得慘無人道、獸性十足？這樣的問題，不正可以從我們一代的人生故事中，獲得初步的解釋麼。

有多少人願意這樣地回顧和反省那段歷史，沒人說得清楚。我確切知道的，只有一點，那就是片兒警小王的前程，全然毀在了「紅八月」的那場「抄家運動」。

在小王之後，直到我一九六八年底「上山下鄉」離開北京，印象中，不再有民警的身影。

似乎也正是在這一期間，對於「街道積極分子」的認定，不再是鄰里的「口碑」，而是尺碼和字跡變來變去的一方方紅袖章，以及固定得每每也有了一定薪俸的職與銜。

在種種袖章之中，彷彿標著「聯防」字樣的，啟用的年頭，略多一些。因為，所謂「聯防」，正是「文革」時期，一種由片兒警、街道積極分子，以及轄區內的企事業單位共同組建的所謂群眾治安防範組織。

我記得，我第一次領略片兒警小韓的風采時，他便統領著這樣一支由十來個人組成的隊伍。

那是一九七一年春節前夕，我去海南島後，首次回京度探親假的當天夜裡。一走兩三年光景，去的是如此遙遠的所在，經歷過的又是那麼地坎坷不平，終於回到了家，終於見了親人的面，一時間，竟有說不完的話。所以，當人人覺著再不能不睡下，並且真的穩住身心，漸入夢鄉之際，已是凌晨一兩點鐘。

睡夢中，猛地聽到一陣狂暴的砸門聲。

「開門開門。查戶口，開門」，伴著砰砰的砸門聲，有人在怒氣沖沖地咆哮著。

我摸了件衣裳穿上，開了燈，直奔大門。

妹妹搶先一步，把我攔下：「讓他們砸夠啦，再說。」

我不解地問：「何必呢。深更半夜的，這麼個砸法兒，樓上樓下，還都睡不睡呀。」

妹妹恨恨地說：「你哪知道小韓有多陰。誰從鄉下回來，他就半夜三更，撿著你剛一睡熟的時辰來砸門。三天兩頭地砸，直到把你擠兌走，才算完。」

我這才想起，白天，我回到家不過半個來時辰吧，就有個民警登門查驗過我的證件。恍恍惚惚記得，他說他姓韓。

白天查過，夜裡又來查，不是存心找碴麼。看起來，妹妹對小韓的評述，可信。這麼一想，火氣不由得冒了上來。

「好嘛，白天看了記不住，非得三更半夜再來找補。我走了大半個中國，還沒開過這一路眼呢。今兒夜裡，我非得看它個夠。來，咱倆也都別傻站著。都坐下，我抽煙，你喝茶」，我有意把嗓音放得很大。

門外站著的聽罷，嘀咕片刻，開始又砸又踢。

我走上一步，大聲問：「查戶口？你們有證明嗎，打門縫裡塞進來，先讓我看看，再說別的。」

「少廢話。你們這兒的管片兒民警小韓，你總該知道吧。今兒，就是他帶隊。」

我待要開門，妹妹再次阻止。

妹妹朝門外喊道：「你們先問問小韓，砸壞了門，是他賠還是你們賠？」

此時，小韓似乎再也沒辦法作「幕後英雄」，擠出一派和事佬的腔調，隔著門說道：「夜裡，你們安安穩穩地睡著，『聯防』們給你們打更守夜。圖什麼，不就是為著維護咱首都的社會治安嗎。你們作北京人，也作過那麼多年啦。對咱首都，就連這點感情也沒有嗎。」

「查戶口，耽誤你們睡一會兒，算個事麼。再說，你們又不像我們，白天也不用上班，吃飽喝足啦，想什麼時辰睡，就什麼時辰再睡嘛……」

越聽越來氣，我搶上一步，把門拉開，把手中的戶口簿、探親證明等等，朝前一送，不酸不涼地說道：「不是就想查查戶口麼，看吧，都在這兒擎著呢。咱都不是三歲孩子，不能說了不做，各位，請過目吧。」

小韓一時沒想明白，把戶口簿接了，裝模作樣地一一看過，然後說：「行，咱進去說。」

我笑起來：「想進去？現在難啦。您幾位琢磨琢磨，查戶口跟搜查民宅，可不是一碼事呵。戶口呢，我們已然擎給各位過目了，各位瞧出毛病啦，該怎麼罰，我擔著。沒瞧出毛病，我也就沒理由再挽留各位。各位如果告訴我說，不成，我們還非得進你這宅子察看察看，我呢，只好煩勞各位，把公安機關簽發的搜查令亮出來。亮不出來，愣往裡闖，我呢，只有兩個辦法，一是跟夜闖民宅的犯罪分子拼個你死我活，拿我這狗命換人命；要麼，天一亮，我就去公安局報案，再怎麼說，其中一個犯罪分子的姓氏長相，我是說得清楚的。」

小韓作了難。

尷尬了片刻，小韓朝我怪模怪樣地笑笑，從牙縫裡擠出一句「好，算你有種」，轉身下了樓。

這，該說是我第一次實實在在地見識了片兒警小韓。在昏黃的燈光下，那張泛著油光的黑黃色的大臉盤，厚厚的肉唇裡的一口黃牙，那一雙微微前凸的圓眼，以及眼神裡的狂妄與不屑，從此深深地鐫刻在我的腦海裡。

當年，在我們居住的這幢樓房裡，「上山下鄉」的知青，大約有二十來人。我去的是農場，衣食有保障，探家的機會卻極少；更多的人，是在農村插隊，入不敷出，行動卻極自由，所以，他們回來的時候多，住的時間也可以更長久些。既是「同為天涯淪落人」，就喜好相互走動。湊到一塊，便不免說到片兒警小韓。

妹妹說，別看小韓滿嘴「京油子」的粗俗話，老家卻是河南輝縣。她說，她頭一回探家時，也是更深夜半時分，小韓砸開門來「查戶口」。查過之後，卻不走，坐在椅子上，悠哉悠哉地問輝縣今年的收成好不好。妹妹說，你是輝縣人，何必問我。小韓抬眼望著天花板，樂樂呵呵地答道：你說得不對。現在，我是北京人，你才是河南人輝縣人農村人。

同樓的一位知青講，小韓當過兵，退役留在北京，並且幹上了民警，對於他，絕對算得上一步登天。為這，他能不狂麼，管制起「城裡人」來，能不狠麼，對我們這一幫讓人家攆到農村裡的知青，能不翻著花樣糟踐麼。這位鄰居說，也是在一次夜查戶口時，小韓嫌他在家待得太久，把他的一紙「臨時戶口」，夾在指間抖動著，獰笑著說：我的北京戶口，是自己憑本事幹出來的。有我在，你再泡，也別指望泡回個正式戶口來。趁早，還是哪來的回哪去吧。

如果不是從眾人口中，知悉了那麼多的實例，我絕想像不出，區區一名管片民警，僅僅憑藉一紙臨時戶口，就能折騰出那麼多種整人的花樣來。

比方說，知青剛到家，十有八九，會因為樂昏了頭，當天沒顧上報戶口。小韓呢，準會在這天夜裡，領著大隊人馬，把你家的門砸開。哄得他高興，訓你一通，也就算了。瞧你不順眼，押你到派出所去，折騰夠了，再恩准你把臨時戶口報上。

再比方說，倘若你申報了臨時戶口，卻又讓小韓覺得你住得太久，他就會串通經辦人，不再給你辦續簽手續。這一來，不光你別再想憑著續簽的手續，在將全國通用糧票兌換成本地糧票時，可以領到幾兩食用油什麼的。用小韓的話來說，你的身分，已近乎「盲流」，押你到「盲流遣返站」，也就是一句話的事。在這種情況下，逢年過節，你最好是一走了之。因為，按照慣例，這正是北京城裡大規模清理「盲流人員」的時刻。據此，再以為一個片兒警折騰人的本事，僅僅是隔三差五地半夜砸門查戶口什麼的，該說是天大的誤解。

就在我那次探家結束，離京不久，有一天，小韓派人將姥姥帶到他那裡，迎面便是一聲斷喝：老實交代，這幾天，你都有哪些活動？

姥姥當時，已是八十多歲的人。倘不是逼到一定份兒上，斷是不敢倚仗一雙三四寸長的小腳，挪動到家門之外的。何況，她也從沒在家居生活以外的世界有過丁點兒職守。為這，就是在「紅八月」中，她也不曾被打入「群眾專政對象」之列。

但是，片兒警小韓不屑於留意這些。這條二十五、六歲的壯漢，穩穩地坐著，面對身材瘦小、不勝久站的八旬老嫗，如若兩軍陣前勝券在握的主帥，久久地體味著自己的豪情與愉悅。

這，正是小韓的作派。除了拿貓捉弄老鼠來作比喻之外，我想不出更貼切的例子。儘管，貓把老鼠捉弄夠了，會把玩物撕碎，吃進肚裡。小韓呢，只是整你，朝著活不好也死不得的境遇裡整治你。他沒有逕直奪了誰的性命，沒有把誰碎屍萬段，也只是因為這位片兒警的手上，不可能擁有不受任何約束的天賜權力罷了。

到了一九七二年至一九七四年間，我為辦理「病退返城」手續，而不得不揣著「口袋戶口」滯留北京之時，對於小韓的陰毒與暴虐，算是有了更直接也更全面的感悟。

我深知，小韓對我，絕不會有丁點好意。我呢，對他，亦不存丁點幻想，所以，人還沒到北京，方方面面，我該事先防範的，該說是已經考慮得很周全。

我知道，小韓的拿手好戲，是查戶口。可我呢，此次的「泡」，原是無奈。海南方面給我簽發的戶口遷出證明，在我手上拿著；落不下，不是我的錯。所以，即便是小韓，不也說不得我是沒戶口的「盲流」麼。在戶口這一環，他既然整治不了我，願意深更半夜來砸門，只管來。來了，門砸到什麼時辰再開，甚至是開還是不開，就全看一時一地，我的心境究竟如何了。即便開了門，沒個過硬的口實在手上攥著，他也不那麼容易走進來。

戶口一環，小韓拿我無可奈何，但是，我的家庭出身，我的家人，卻是我根本無法預作防範的一大弱項。小韓呢，想必也不會白白地浪費這一份「政治資源」。在查戶口上積攢的「虧」，他勢必在這一方向，求得加倍的補償。

權衡再三，我曉得天時、地利與人和，沒一樣不在小韓的手裡。只是，有過以往的交手，在明知整治不住我的情勢下，小韓不會輕易出手。所以，只要我不朝「大是大非」方面撞，只要我不再輕易衝撞他，創造個「井水不犯河水」的局面，並且盡可能地持久些，也是完全可能的。

這種預想，在後來的兩年中，大體上，獲得了實現。

戶口，小韓查了我半年光景。我呢，不一定每次都待他們砸上個把時辰再開門；他呢，倒也未必回回都有再進門察看一番的欲望。於是，在心照不宣中避免了很多不必要的衝突之後，我猜就連小韓本人，也會覺得查我家的戶口，業已變成一項未免也太缺乏新意的程式化操作了。漸漸地，小韓絕少再來砸我家的門。到後來，趕上年節之類日子，全城照例要狠查戶口的關口，倘我與他遇上了，小韓甚至會預先說一說。那神情，如同幼稚園的老師，不管樂意不樂意，情願不情願，有時候也得陪著娃娃們作作老掉牙的遊戲一般。至於說，聽上一兩個時辰的砸門聲，再把門打開，成了這一片住著的知青們的共同愛好，則是更久之後的事。此「風」一起，小韓主持多年的「查戶口運動」，也就在不知不覺中，偃旗息鼓。

整治不住人的方向，索性放棄，這，與其說是小韓對我「網開一面」，毋寧說，正是整人有術者的標誌。當然，力求在政治上加害於我，這其中，純屬個人恩怨的動因，我絕無意誇大。在當時的社會歷史背景下，折騰我這樣的家庭，折騰出身如此的我，莫說是承著管制一隅民居之責的片兒警，就是一般的平民百姓，不也算「責無旁貸」的一種天職麼。

記得是在美國總統尼克森訪華的日子裡。近午時分，小韓來了。

「給你張電影票，今天下午的。」

「謝謝。我姥姥不舒服，我去不了。」

小韓不屑地一笑：「還是去吧。尼克森來啦，街上閒人，越少越好。」

「您瞧我像是有閒心逛大街的人嘛。」

「你這麼說，可難為我啦。我是鄉下人，哪估摸得出你們城裡人的花花腸子呀。再說麼，白看一下午電影，算虧待你麼。」

「我姥姥病著，我確實沒辦法出去呀。」

小韓拍拍膝上的黑皮包，悠哉哉地說道：「上級指示，是讓街道天天有安排、戶戶無遺漏。今天下午麼，我們打算組織居民搞家庭衛生，動員在家的知青去看電影，重點對象和管制分子麼，對不起，可就得去集中學習啦。」

腦子裡「轟」地一聲，我聽出他在暗示什麼。

為了姥姥，我卻不能發火。

「要不然，我去看電影，讓我姥姥在家躺著」，我用商量的口吻說道。

小韓的頭，輕輕一點：「早說出這話來，有多好。」

送到門口時，小韓又表情嚴肅地補了兩句：「電影，說是得放五個來鐘頭。聽好啦：不許中途退場。誰溜號，誰自討沒趣。」

小韓似乎看出我在想什麼，輕蔑地笑笑，說道：「你呢，也在我這管片兒，泡了這麼多日子啦。今天，我索性把話說透。從穿上這身警服的那一天起，我就認準了一個理，管片兒民警，就是得把你這一片兒的男女老少，統統管起來。管不了，治不住，也算警察麼。」

這，該說是小韓大獲全勝的日子。當晚間七八點鐘，我總算回到家之後，我再不能不承認這「全勝」二字。因為，這天下午，病臥在床的姥姥，還是被小韓喚了去，與一干「群專對象」一道，受領了整整一個下午的訓斥。

我猜想，看著我們一家人深陷屈辱與苦難之中，小韓是有無窮樂趣的。所以，即使當時的某些政策條文，可供我們一家人稍稍改善一下處境，小韓也勢必從中作梗，百般刁難。母親退休時，按照相關政策，戶口是可以遷回北京的。當她的所在單位來人聯繫時，小韓滿口准允。直待我們真地按照他申明的程序，把母親的退休手續先行辦妥之後，他卻矢口否認曾經作出的承諾。結果，僅僅因為拿不到派出所的一紙證明，母親的戶口，一直拖了八九年時間，才得以解決。僅此一例，我便沒有理由把他同其他的什麼人擺在一起，僅僅看作當年的極左路線的執行者。相反，我只能說，也許，正是那種太不正常的社會氣候，才使如此醜惡的靈魂，如此昭彰地變得更其醜惡。

小韓在我面前的最後一次表演，該說是毛主席逝世時，他強令已獲「解放」且退休在家的母親，與轄區內的「群眾專政對象」一道，聆聽他的訓戒。

此後的好一段日子，彷彿再也見不到小韓的面。至少是我，偶爾會覺得生活中，似乎突然少了某種已然見怪不怪的秩序。

只是，我並沒有清楚地意識到這一切，僅僅因為小韓已經不再是本樓區的片兒警。直到那天午後，同是返城知青的一位鄰居興沖沖地找了來，開口便道：報應，真他媽是惡有惡報。痛快，真痛快。

原來，小韓與一位四十來歲的「街道積極分子」有染，且被另外一些看在眼裡又偏偏瞧不下去的「街道積極分子」，當場捉了姦。

我聽人講起過，小韓兩年前，已經把老婆孩子的戶口，從河南老家遷了來。

可鄰居說：那又怎樣，誰說得準他倆到底是什麼時辰搞上「破鞋」的。依我看，他總喜歡深更半夜查戶口，說不定，骨子裡，也就為找機會，跟那個女的幽會呢。

這說法，我不能說沒有一點道理。只是，面對著這樣一種不無道理的推測，不知怎地，一時間，心情變得很是鬱悶。

又過了幾年，我們一家遷出了那個地區。

我再沒見過小韓。前幾年，倒是聽人說起過，小韓還是民警，還在那個派出所。只是，他不再作片兒警，先是經辦了一程「落實政策」方面的工作，之後，便被安排在一處頗具規模的遊樂場裡執勤。「這份差，可比當片兒警，肥多啦」，那人補充說。

片兒警小王的下落，我卻始終打探不出。包括當年的許多老鄰居，幾乎人人都已忘記也曾有過這麼一位片兒警。

片兒警小韓，是不是片兒警小王的第一代繼任者，我沒核查過。

我相信，如果沒有片兒警小韓的出現，我只會把小王看成一位好的民警。

這，不光是因為小王，早已不再是民警。

因為，小王，是一個好人。

銘記在我再不童稚的心田。

支書老林

老林，無疑是我此生有幸識見過的貌相最福態的人。

老林中等身材，長臂短腿，手足寬整，肌膚紅潤，通體胖健；高顱亮頂，兩鬢如霜；長睫美目，厚唇闊耳。走起路來，雙臂倒扣，挺胸凸肚，鴨子步不急不緩，透出唯掌權多年不屑鋪排的那樣一種主帥氣度；凡有誨諭，必輕咳一聲，待片刻之後，四下鴉靜，爾後眸色如熾，亮出中氣，亦情亦色，彌多「言既出志必果」的聲威。其神，其形，其色，其聲，是不是恰好印證了相書列入「上品之相」的「五知」一類，我學識淺陋，不敢把話說得太死。至少，素常工友們私底下議論起林書記來，無論是否個個真地讀過《三國演義》，都好把個「雙耳及肩、兩手過膝」什麼的，掛在嘴上。若非親眼得見老林的風采，我斷斷不會相信羅貫中這麼標稱劉備，委實無意把這位賣過草鞋的「劉皇叔」，攆進猿或猴的一族裡。

老林不僅是我四年工廠生涯中的最高黨政領導，說起來，他與我，該算有更悠遠些的淵源。

老林有六七個兒女，他最鍾愛的人兒子，與我是小學時代同校同屆的校友，且有過一段還算不錯的交往。但彼時，我並沒見過這位長輩，就連他的職銜，也被同窗們哄嚷成「耳挖勺廠廠長」什麼的，時不時地成為娃娃們相互取笑的話柄。好在，他的長子，為人內向，且學習成績也總在中等偏上水準，並不是人人夠資格隨意取笑得了的。小學畢業時，我與他都報考了「北京外國語學院附中」。我因為父親之累，「政審」不合格；他則如願得中。之後，彷彿稀稀落落走動過一程，也就斷了聯繫。所以，直到一九七五年我作為「病退知青」，被安置到這家小廠當學徒工之後，才想到此「林」正是彼「林」的爹，且「老林」是本廠的黨支部書記而非「區區」廠長，督管著遠比「區區」耳挖勺要大和重上個三、五十倍的產品，及其廠，及其人。

雖如此，進廠的最初半年，確乎沒有半點苗頭，能讓我想及此「林」與彼「林」的關聯。比方說工種安排吧，儘管我作為「病退知青」，得以恢復北京戶籍並安排就業的理由，是嚴重的皮膚病，廠方還是不容分說，就打發我去了淬火工段。我被熏蒸了三天，不爭氣的皮膚，果然泛出了一斑斑疹塊。由此，崗位算是沒理由不給換一換，只不過，並不是諸如車、銑、刨、磨、鉗、電之類技術工種，而是稍不留神，就可能砸掉截手指頭的沖壓工。從此，我也便守著架老掉牙的二十五噸沖床，一幹就是四年。所幸，我總算保全了自家的十個指頭。這讓師傅們很是感慨，因為，在我之前與在我之後，看守過這臺沖床的，幸運如此者，唯有我。

這遭遇，雖不致讓我怨恨什麼人，卻一下子便讓我對自己的工廠生涯，不敢再有丁點兒浪漫之想。我知道，自己必須謹慎應對，事事多加小心。也是在這之後的某一天，我第一次與老林不期而遇。記得當時，滿身油污的我們一干工人，正朝車間裡，搬運一捆捆帶鋼。老林穿著白白的短袖襯衫，與若干陪同，一道走進車間。隨行的車間主任把我們幾個剛進廠的知青，一一指點給老林看。老林呢，不冷不熱地依次頷首示意，很是恩威有加的樣子。我注意到，輪到我的時候，老林的目光，含了一種了然於心、卻不屑介意的神情。

這目光，在我以往的閱歷中，多次遇見過。所以，從老林的目光中，我立刻想到他對我的來歷，必定心中已有了底數。這聯想，讓我一時大惑不解，因為我清楚地記得，離開海南時，我帶回北京的，是一張「檔案丟失證明」。莫非進廠不足半月，廠方就已重新填充了我的檔案材料麼。要知道，這不過是一家近乎作坊的小廠呵。而我呢，也不過是一個「病退知青」罷了。所謂「病退知青」麼，無非是已經因為這樣那樣的疾患，再不堪甩到「廣闊天地」時，繼續錘煉的殘兵敗卒而已。對這樣的人，也值得興師動眾，內查外調，破費一程麼。由此，我不能不對中國的檔案制度，及其被某種東西充分地調動和激勵之下，所能成就的種種，敬畏之極。至於說，這份由小廠在「文革」中的七十年代所填充的檔案材料，直至所謂徹底了否定「文革時代」的八十年代中期，竟還會在我籌辦婚事時，供「有關人士」製作出一樁不大不小的「陽謀」，既是後話，也更進一步強悍了我的這種敬畏。

老林是小廠的黨政一把手。老林的目光，意味著「組織上」對我的一種定位。當然，被擺放在這樣的位置，於我來說，倒也並沒有什麼新奇之處。唯一感到好奇的，便是：既然老林對我的來路，了然於心，那麼，我與他愛子的那段同窗之誼，他是不是也該心知肚明呢。倘若明明知道這一層舊緣，頭次見面，還是不由得甩出了這一等眼神，成見之深，猜忌之甚，也便不言而喻，我日後的路，想必也更其未卜。這樣一想，我倒寧願相信，他根本就不記得我們的舊緣。

嚴格說來，一時間，我對老林是否記得我們的舊緣，如此感興趣，骨子裡的某個地界，或許真的存著些許攀援之欲。只是，這樣的欲求，我知道自己並不很強烈。這是因為，二三十年活下來，屢屢痛悟了自家底子的何等不濟，想高攀也只怕沒人搭理；搭理你，也未必真肯冒著「階級立場不穩」的危險，為你出把子真氣力。類似的閱歷一多，不由得，漸漸從失望與絕望處，釀出了一脈仿若清高孤傲的心性。如果面對的，不是老林，而只是一位正值「上風上水」的黨支部書記，持一種「敬而遠之」的態度，於我，該說是一種再正常不過的方略。

卻偏偏是老林，偏偏是一個有可能從我一進廠，就想起了我們的這段舊緣的黨支部書記。我不跟他套舊交情，並不為過，可他呢，如果是有意擺出這麼一副不認不識的架勢，可就遠比真的不認不識，內裡含了更多的用意。

所幸，進廠半年光景，我總算考核出了實情。一天下午，妹妹來廠裡找我，恰巧讓老林看到。老林對異性，一向熱情有加，於是主動湊過來，說這說那。三說兩說，不知怎地，竟主動提起他的長子，且說「都是數一數二的優等生麼，怎麼會不記得呢……」。

妹妹聽了，嘴角輕輕地撇撇。我很怕這表情被老林看到眼裡。

老林抬抬眼皮，漫不經意地補了一句：他麼（注：指他的長子），現在幹外貿，是國家幹部，比他老子命好。其實，論機靈勁兒，哪如你們。

老林身披陽光，慈眉善目地講著，光閃閃的臉上，溢著舒心的笑。不難想見，因為眼皮子底下的我們，老林有充分的理由，為自己，更為自己的兒女們，心清氣爽。

記憶中，這也是四年工廠生涯中，老林與我談及往事的僅有一例。而且，即使有過這一番交談，老林與我的關係，依然如故：很少接觸，絕少過話。當然，一般而言，這也很正常。學徒工麼，除了年紀、經歷相仿的所謂「青工」一族，素常「夠」得著、見得勤的，不也就是師傅、班組長、車間的正副主任這幾層人麼。至於各科室的這「長」那主任的、以及若干位或正或副的廠長們，進廠一、兩年愣是認不全的，又豈止我一人呢。所以，準確地說，老林，對於我，對於其他工人，具有同一種意義，即：無非是一個普通工人的人生視野裡，一位有血有肉的黨的最高級別的代表罷了。若非你或好或孬地出了眾，若非他把你當成極好或是忒孬的苗子盯著不放，工人與書記，原本互不搭界。

倘若是夠規模的企業，這種互不搭界，完全可能達到視同陌路的程度，幾乎可以「老死不相往來」。不過，我們的這家廠，卻小得可憐。廠房是五、六所破舊不堪的民宅，七零八落，散布在一條條小巷深處。因為是「大躍進」時代，由一些家庭婦女和街道閒散人員「土法上馬」攢起來的企業，所以，無論日後的規模翻了多少番，以設備的陳舊、廠區的破敗、生產環境和工作條件的惡劣、技術力量的單薄、成員的蕪雜、產品質量的不穩等等而論，該說是這類工廠打娘胎裡帶承過來的通病。而當年，政府是把這樣一類小廠，統統歸入「集體所有制企業」的。其中，又依這樣那樣的區別，而有所謂市屬「大集體」、區屬或街道屬「中集體」、「小集體」之分。

類別的界定，對於工人來說，並不抽象。例如，我所在的這家區屬集體所有制企業，與國營企業相比，工資標準要整整相差一個技術等級。至於說，在那個盲目崇仰「所有制形式越高越好」的年代，如是體制差異，帶給員工心理上甚至婚嫁取向等實際問題上的負面影響，更是不難想見的。設想一下，在這樣幾塊擁堵不堪的空間，在區區三、四百號人的生存群落，我與老林的所謂互不搭界，又能「不搭」到哪兒去呢。其形而下的表現，無非是書記巡視車間時，實在躲不開，撞了個正著，淡淡地打聲招呼，或是書記突然來了雅性，願意湊到青工堆裡閒扯幾句，我呢，自然倒也不必迴避得太張揚罷了。

那麼他呢，這般精心地把與我的間隔拉大，拉得如同我們沒有半點舊緣的程度，我敢說，倒也未必真地體現了所謂合格的共產黨員和黨的幹部應有的那麼一種「大公無私」。四年的工廠生活，耳聞目睹的事例，讓我有資格說林書記不但是位頗念私交的好人，也是一個深諳「投桃報李」之術的官場中人。只不過，他絕沒有半點理由，顧念與我的這段「舊」罷了。不是麼，他在上，我在下，這世上，豈能有「媚下」之理；不是麼，所謂舊，無非是我與其子有那麼幾年同窗之誼，原本是娃娃們的娃娃時候的交際，也值得老輩人往心裡擱麼。所以，倘若換了別人，也是會把這一縷「舊」，擺弄得如同從不曾有過一般。

老林卻不行。他的本性，是頗為顧念私交的。在一般的意義上說，對於上下左右，對於人際關係的方方面面，他也更傾向於維繫得親親熱熱，國泰民安。類似屬於平民階層的和民族傳統的心性，老林身上都有，且頗為鮮明。這，也足以解釋其他廠級幹部，何以在群眾基礎和民間口碑上，總是遠遠不如他。更足以解釋老林終究還是忍不住，讓我知道了他其實還記得我們之間，有那麼一段「舊」。

不忍忘「舊」，卻又只能把它化解得無影無蹤，對於老林，無論是這樣想，還是實實在在地操作起來，都未必輕鬆。逼著他不能不如此的唯一理由，自然在於我絕非一名普普通通的青工。父親作為在押的歷史反革命，母親作為「群眾專政對象」，我作為「人還在、心不死」的「階級異己分子」，在那個風風火火地搞著國門之中、本民族之內的「你死我活」的年代，身為黨派駐一廠的最高級別的代表，老林怎麼可能，又怎麼敢，把我僅僅看成一名青工呢！

想明白了這一層，也就想像得出：拉開距離，也只能是作為書記的老林，在一眼認出我來之後，力求邁好的最初一步。

拉開了距離，也就有了公事公辦的基礎。而當年，什麼是黨和黨務人員的頭等「公事」，「公辦」的一應成例及其極端樣式又意味著什麼，誰還不是了然於心呢。

遺憾的是，當年的我，畢竟還稚嫩些許。老林看作最初一步的，我卻誤以為是雙方心照不宣地成就下的唯一的和長久的契約。直到不久之後，幾次的不期而遇，讓我再沒理由忽略那種在短短的一瞥中，明白無誤地傳輸過來的異常濃重的警惕與猜忌，我才終於悟出：老林，志在「公事公辦」，且已不聲不響地著手「辦」起「公事」來啦。

我該怎麼辦？

對他申明自己本無「復辟奪權」之心麼，這樣做，豈不等於自討沒趣麼；

把迴避之意「作」得更張揚些麼，在他看，或許更證明我心裡有鬼，「居心叵測」；

作「政治上積極要求進步狀」麼，這一套操作規程，委實簡單得很，但，我強迫不了自己，何況，真的朝這條道上作踐自己，一來二去，總也不朝實打實的地界切割自己吧，沒人信你；把自己解析得夠水平啦，提供給人家任意消遣你、宰割你的餘地，不也就無邊無垠了麼。

思前想後，我明白自己委實沒有第二步可邁。命裡注定的，是一逕地「事找人」，而非「人找事」。所以，此時，我能做的，也只是原地不動。死打，靜候。

如今想來，煞是怪誕。因為，我也罷，老林也罷，算是被雙方痛感彼時的社會意識形態準則，而精心設置出的那種「距離」，死死地禁錮了。有了這距離，這距離拉得越大，我越是沒理由跟他講半句心裡話；他呢，越是無從了解我心中的奧祕，越是免不了朝更其險惡狡詐的路數上，揣測我和我的每一言、每一行，不能不揪著心吊著膽地越來越朝「死」裡盯我，生怕因為一時疏忽，被我亂了「無產階級」的鐵打江山，並且連帶著，壞了他的身家性命和政治前程。

這陣勢，說起來，是他攻，我守，是他強，我弱。往細裡論，我敢說他的日子，遠比我不好過得多。畢竟，我已在狗崽子的位置上打磨了多少年，早已是不驚不躁，處之泰然；而他呢，卻是頭一遭攤上我這麼一路部屬；畢竟，我求「苟全」，只需老老實實、本本份份地打發時辰即可，他呢，卻必須時時處處，朝最是心驚肉跳的路數上，沒完沒了，沒日沒夜地設想著，防範著，籌策著。

事後想想，老林煞是可憐。莫名其妙地添了我這麼個累贅，時候久了，誰不煩，不累，不恨，不火冒三丈，不巴巴地盼個由頭，把對手一勞永逸地「辦」了呢？

或許老林真是「吉人天相」，沒過了多少日子，恰恰由我，給他草創了一個幾乎可以一吐惡氣的機遇。

那是在我以二十四歲的「高齡」，充任學徒工整整一年之後，「上頭」來了新精神，說是有一定「插齡」的知青，可以提前升為一級工。於是，一夜之間，我的月工資竟從二十六元暴漲至三十五點五元。錢一多，就想起身上缺了件越冬的外套。那年月，人們的購物慾，還被布票、棉花票、購貨本什麼的，扼得賊死。盤算來盤算去，最後我決定多花幾個錢，繞開棉布製品，作一件呢子大衣。

大衣作得合體，我個頭又高，穿上它，煞是受看。車間裡，青工不少，都在二十來歲年紀，誰又不想裝修裝修自己呢。於是，不出一個月，廠子裡竟有了十來件呢大衣。

這勢態，讓我隱隱不安。所謂「筷子頭上的階級鬥爭」，在以往的報紙和廣播中，在我的知青生涯中，已是屢有領悟。我可不想為這麼件呢大衣，引火上身。

怎樣才能「脫」得自自然然、耳目不驚，是確保化險為夷的重要一環。上早班和上中班的時候，周圍眼舌太多，絕不能有任何多餘的動作。唯一的選擇，是捱至上夜班的週期，悄沒聲地把這套「行頭」換下。

我及時地實施了這套方案。

上夜班，不光左鄰右舍少，且與幹部們，與廠裡的正事閒事們，一概絕了緣。所以，直到公休日後，改上早班的這一天，我才聽說本廠的黨政工團組織，已經為「吃喝穿戴領域的階級鬥爭新動向」，手忙腳亂了整整一個星期。

這一起「階級鬥爭新動向」，由於我的及時「解套」，而功虧一簣。我覺著，老林雖說精明過人，這一次，怕也與我犯了同樣的錯誤，那就是沒想起「洞中方七日，世上已千年」這麼句老話來。只不過，對於我，換換行頭，輕而易舉；對於他，籌劃三、四百號人馬，開展一項聲勢浩大的政治運動，確乎需要更多的時間與更多的謀略。這正是他很難先「敵」制勝的原因。公正地說，屬「非戰之罪」。

老林輸得窩囊，敗得很沒面子。他甚至無法懷疑有人事先走漏了消息。因為，我換裝的那一天，種種設計，還只是藏在他本人的肚腸裡。

有過這一例，我明白自己必須把老林僅僅看作本廠的黨支部書記，更審慎地預想與防範他的「公事公辦」。當然，我有必要申明，這並不意味著在彼此只能「公事公辦」的他與我之間，有什麼純屬個人的忌和怨。一切，僅只是那個年代的一種「遊戲規則」。書記們以至每一個「根正苗紅」和「積極要求進步」的人，只能且只該如此地設定和待承我這一路人。

相應地，我這一路人，如果不是這樣地看取對方，那就不光是天真得近乎弱智，而且注定要自討苦吃。儘管當年，還在照著這套遊戲規則，心平氣和地對陣布局的時候，我就有足夠的理由，覺得人們本不該、更沒必要如此地懼怕和折騰「牛鬼蛇神」及其親屬。除非，他們覺得這，也是人生在世的一大樂趣。

說來也巧，事隔不久，廠裡組織若干工人到京郊農村的一處先進典型參觀學習。幾十號人擠在一輛敞篷卡車上，原是可以互相暖一暖的。偏偏那天來了很強悍的一場寒流，西北風刮得鬼哭狼號，氣溫降到了零下十四、五度。我身上的那件小棉襖，哪經得住這般嚴格的校驗呢。所以，卡車剛剛開出市區，滿車人就已然統統瞧出來：我，快扛不住啦。

卡車在眾人的大呼小叫聲中，猛地停下。老林從駕駛棚裡出來。攀上車廂。

「這孩子，咋就不聽話呢。昨個兒，不是告訴你得穿大衣嘛」，車間主任高師傅心疼地說，「小朱子，不成就別去啦。」

此時的我，肚皮上如同壓了塊很大的冰坨，身子在一陣陣地顫抖。鼻涕眼淚，在臉上結了厚厚一層。

「沒事，開車吧」，我強扮笑模樣，哆哆嗦嗦地答。

此時，就見老林火氣很大地吼了起來：「荒郊野外的，讓他怎麼往回趕？老娘兒們家的，就顧著嚼舌頭。快起來，把屁股底下墊的，都拿出來，給他裹上。」

平日裡，跟車的搬運工披用的幾件老羊皮大衣，團著濃濃的煤屑與汗臭，兜頭罩下。車開了，被裹扎得嚴嚴實實的我，在嗄烘烘的惡臭中，昏昏入睡。

多虧老林臨危不亂。這趟遠足，我居然太平無事。

我必須承認，當時，我確曾想到了那件呢大衣。在這樣想的時候，心中確曾充溢著悲與憤。但，這只是一瞬間的事。因為，我知道自己沒有理由為這件事，特別地忌恨老林或是其他什麼人。在更早的歲月，我就懂得，這一切，包括「我們」與「他們」之間的對立狀態，盡由官方的政治綱領決定，與作為個體的人是好是壞、性善性惡什麼的，統統不沾邊。

這種看法，並非我一廂情願。遠的不說，就連老林，事過之後，不也曾給我提供過這樣的實例麼。

那是在「呢大衣事件」之後的幾個月。由於「唐山大地震」，廠裡抽調了一批青年工人，組成搶險突擊隊，由老林親自統帥，日夜在廠區堅守。不知是因為都在沒日沒夜地勞作著，或是面對莫測的天災，人們容易暫時性地消解某些芥蒂，在某個夜晚，當我們滿身泥水，癱坐在地，吞嚥著已然拖得太遲的晚飯時，老林忽然講起了他的一樁往事。

老林說，五十年代，他入黨不久，在一家小單位擔任工會幹部。有一天，老家來了位遠而又遠的遠親，說是進京辦事，斷了錢糧，特來尋求接濟。

老林工資有限，兒女又多，經濟吃緊得很，實在是有心無力，結果只打發了兩件舊衣服、幾張烙餅什麼的。沒承想，那人卻是個在逃的「群眾專政對象」。為這，老林寫過無數次檢討，甚至幾次影響了升遷。

「唉，起初總覺著冤枉，若知道他的身分，我一個共產黨員，怎麼會接濟階級敵人呢」，老林環視著身邊的一眾，目光絕沒在我的臉上多停半秒：「可後來，我還是想通啦，是黨員，就得時時處處把黨性擺在頭裡。『親不親階級分』，是得時時記住，記一輩子才成。」

我的心頭，湧起一團感動。我意識到「呢大衣事件」和隨後給我帶來的皮肉之苦，此時還在他心上擱著。為這，他試圖向我解釋什麼。

這發現，隨即帶給我一種莫名的悲涼。因為，我意識到了一種很是可怕的事實：貴為書記的他，卻也與賤若仔狗的我相彷彿，被同一種東西重重地壓在心靈與天性之上，活得揪心，活得「叫勁」。

這世道呵，究竟是怎麼啦。

我不禁為他的表白，為他的心病，生出一絲敬重，一絲同情。

世道如此，誰又能活到網外呢。

委實怨不得某個人呵。

但，即便如此，我也罷，他也罷，誰不也得繼續在原來的地界待著，猜忌重重地相互盯著，防著麼。

是的，老林，我很敬重你的這番解釋，可，你依舊是你，我呢，不也只能是我麼。你做不了什麼，我呢，自然也是沒有什麼可再做。

如此說來，儘管心上有著同樣的困擾與沉重，老林的解釋，充其量，也無非是讓我看一看他手裡的牌，他不可能不時常惦著成功地罩住我的那張網罷了。

想到這兒，我很快恢復了平靜。

「老林，說起來，反倒是我們這當工人的，活得毛糙，想的少」，夾在眾人的議論聲中，我平心靜氣地回了一句。

老林望望我，似乎一下子估不準我的話是正說，還是反諷。

「你們要是個個都能真心誠意，立志當一輩子工人階級，我這個書記，也就知足啦」，老林沉默良久，對眾人說道。

至少，從他的話裡，我聽出他曉得我確乎聽懂了他何以重提「往事」。

如果他弄得明白這一層，至少，他不必首先朝反諷的路上猜測我的回覆。遺憾的是，這樣的談話氛圍，再沒機會重溫。而且，即使有，還可能深入得下去麼。我懷疑。

所以我相信，此後，他還是他，我依舊是我。如果說，假使也還可能有所變異的話，那麼這變化，確切說來，於我，於他，也只在最最淺表的那一層罷了。

這，倒不是我過於多慮。恰恰是在這一晚之後的不幾天，在抗震救災進入了檢修設備、恢復生產的階段，一件意外發生的小事，讓我證實了自己的預計。

那是在跟著車間主任惡狠狠地勞作了好一陣子之後，我躲到一個角落裡，略作休息。剛一落座，組長走到我面前，又交待下一樁苦差事。人一累，情緒便容易衝動，三說兩說，兩人吵將起來。許是情急之下，顧不得多想，那正在巴巴地朝著入黨積極分子的名冊裡擺設自己的組長猛地甩了一句：「我好心勸你一句，別以為沒人知道你的底細，別以為眼下鬧鬧哄哄的，顧不上看你，咱工人階級，眼睛睜著呢。」

爭吵很快被聞訊趕來的車間主任平息了。過後，我與那位組長，也都再沒發生新的衝撞。

只是，她的話，我相信絕不是空穴來風，在她的背後，是老林，是老林所代表的官方政治。對此，我無能為力，無計可施，而只能聽之任之。

由此，我清楚地知道，老林絕不會真地相信我只求本本分分地當工人，更不可能因了我在廠裡何等地謹言慎行，而稍稍鬆疏他心中的那根「階級鬥爭之弦」。儘管，隨著時光的流逝，廠裡一批批新手進來，我這一任「前知青」們，也漸漸有了幾分資格，以「老工人」自詡。

我覺著，儘管老林可以有一萬條理由，繼續地保持著他的革命警惕，他也應該想到，在他眼皮子底下混了這麼久，包括我在內，誰若是存心自我證明為「階級敵人」，怕也早被「拿」了幾拿了。既如此，還總朝嚇唬自己、勞累自己的路數上擺布自己，不是沒病找病麼。所以，哪怕僅僅是因為這一層，老林對我，遲早也該有所鬆動。我能做的，便是靜等。

想到這一層，我開始不動聲色地觀察他。我發現，隨著時光的推移，在他的眼神裡，雖說那種冷冰冰的觀察與懷疑依然存在，猜忌與敵意，卻似乎在漸次減損。當然，這，已經很能讓我心滿意足，甚或可以有某種「苦盡甘來」的欣慰。

不過，我必須承認，在與老林的這種不宣而戰的對峙中，我的處境終於出現的這種改善，絕不可能誘使我真的有志於老老實實地，在老林的手底下，當一輩子工人。

這樣的一種「志」，我根本就沒理由產生。道理很簡單：自打我明白生而為「狗崽子」者，不光容不得你在三百六十行裡挑挑撿撿，無論你在哪一行當裡混，也都甭指望順順當當地享有一份太平日子，我也就只能把自己身陷其中的行當——無論是昔日作知青，還是眼下當工人，僅僅看成一種由不得你不幹的行當罷了。與志不志什麼的，沾不上半點邊。

光說「志不在此」，還不夠。我更該說，從作知青到當工人，正是一處接一處地遇上「林書記」，讓我對所從業的行當，很快便倒足了胃口。儘管，我曉得這種種容不得自己不幹的行當，我也不得不盡可能地往好的甚至是出色的方向幹。箇中道理，同樣很是簡單：生而為「狗崽子」，該說是「命」。全然不認命，萬萬不成。認命，也就意味著無論你情願不情願，必得把作知青、當工人理當會的、懂的，統統地從速掌握，掌握得比旁人略略好上些許才好。這樣，眾人對你，自會先帶幾分好意與敬意，不忍主動害你。而執意從你身上盯出「居心叵測」者呢，也相應地減少了許多，可供盯出的名堂，也會變得有限。即便自己偶有閃失，也不至於一下子，就弄得不可收拾。凡此種種，是謂我作為「狗崽子」的立足之需，「苟全」之策。

正是憑著這些從血裡火裡磨煉出的閱歷，不到兩年功夫，作為一個小廠的普通工人，該吃什麼喝什麼，穿什麼用什麼，該怎麼說話怎麼罵架，湊到一塊喜好議論什麼、掰扯什麼等等，我已爛熟於心，應裕自如。此時，無論是誰，要想在廠區之內，工人之中，一眼認得出我，一下子注意到我，除非是因為身高一米八的，廠裡沒幾個。

隨著我越來越全面地消解於小廠和工人之中，老林盯住我不放的理由，變得越來越抽象，越來越蒼白。

這期間發生的一件小事，便很能說明問題。

也是在我上夜班的時候。

為著製作一張拉簧床，一連幾天，我都趁著更深夜靜，個個昏昏欲睡之際，獨自溜到模具車間，下料、鑽孔、淬火，忙上好一陣子。這一夜，我正在埋頭苦幹，忽聽有人在身後輕聲問：「好嘛，又幹開私活啦，這回又打算做什麼？」

語氣裡，不帶半點惡意；這種近似打招呼的詢問方式，也是工人之間表示親熱的最常用的語彙之一。所以，我頭也不回地漫應道：「做張拉簧床，不圖省錢，圖個舒服。」來人聽罷，轉身朝屋外走。邊走邊打哈哈道：「好小子，上班幹私活，連我也不瞞，你可算是學徒期滿，出了師啦。」

我一回頭，看到了老林的後背。

我也只看到了他的後背。

至今，我依然猜不透，老林究竟是沒認出我來呢，還是眼見我已然變得連身上的毛病，都如同他麾下的眾多工人一模一樣，而終於覺著再不必睡不安穩，以致並不介意我「私活公幹」呢？

事實上，事發後的幾天，我確乎揪著心。廠裡幹私活成風，老林若想拿我開刀，殺一儆百，我還真是說不出個「冤」字來。怪的是，一直沒有動靜。我有意無意地幾次與老林「不期而遇」。我發現，老林的眼神裡，猜忌與窺測的成分，大為減弱，那種居高臨下的寬厚與不屑，變得很是突出。這，正是老林面對絕大多數工人，尤其是面對他並不器重卻也未必特別厭煩的工人時，通常的眼神。我把懸著的心，輕輕地放下。我知道，老林算是大體上「認可」了我。

雖說一逕這樣改著變著，內心深處，我知道所有的一切，都只是自己對於如此世道、如此人生的一種妥協、一種權宜之計而已。

這，並不費解。

想想看，至少是那些還處在少年和青年階段的人，又有誰，真會捨得認命認到了心灰意冷、心若古井的地步呢。不肯死心塌地，或者說，還沒有來得及全然死心，不也就等於說，在內心深處的某個地界，還有某種讓你寧肯咬緊牙關，繼續撐、等、盼、尋的東西，在若隱若現著麼。它會時不時地，尤其是在你最困難的時刻，朝你的脊梁骨和腳底板「發力」。無論是誰，一旦有機會發現且意識到自己心底還存留著這些東西，又怎麼可能把自己暫且還不能不應對的種種，誤認作注定要禁錮自己一生的東西呢。

這一層道理，無論當年我是否意識得清清楚楚，至少，憑著本能，我也不會把老老實實地在老林手底下，當一輩子工人，看作自己的人生旨趣所在；甚至，連把這當作自己人生期盼的最下限，都不大情願。至於這一層，當年老林是否有所察覺，我說不好。我相信，就算他真的覺出了點什麼，也很難在我的言與行中，捕捉到一兩個實打實的把柄。

老林能夠看到的，只是我在盡力把小廠工人的行當幹好，在迅速地朝小廠工人群體中消融自己。而我呢，能夠把這樣一個過程，在日積月累之中，自然而然地完成，想來也是不乏動因的。而在種種動機之中，我不能不承認，確乎包括了「表演給人看」的考慮。至於假想的觀眾，似乎只有一個，那便是始終不忘盯牢了我的老林。儘管種種跡象表明，他對我的「盯」，已不再是那般明火執仗，處心積慮，但是，只要社會的「綱」一日不變，「黨支部書記」與「階級異己分子」的對峙與對局，便一日不可能有根本的改觀。

我不敢稍有怠懈。我深知，雙方關係的種種改善，只具有極其相對的意義。一旦事關稍稍重大的事與「勢」，老林打骨頭縫裡漾出來的那股敵意與猜忌，依然會立刻轉化為毫不留情的攻勢與招術。

就說毛澤東主席仙逝那陣子吧，當全廠員工列隊致哀時，老林書記倒扣雙臂，圍著我踱了一圈又一圈。我不必抬眼看，就明了他意在觀察我，在挖空心思地尋覓某種徵候，以坐實我潛藏了「幸災樂禍」、「蠢蠢欲動」之類的「狼子野心」。

說來有趣，恰恰由於他這麼陰陰地踱過來踱過去，嗅個不停，讓我分了神，不由得從眼前的這位黨代表，想及剛剛逝去的黨的最高領袖，想及此前與此後擺在我腳下的人生道路。彷彿在不經意間，一種設想，一種企盼，一種信念，當頂劈開：「或許，我及我這號人的運命，會由此有所改觀呢。」

我的心，砰砰砰跳個不停。

我不敢設想，如果那次的追悼會再拖得長一些，如果老林能夠耐下性子，再持久些地圍著我踱下去，他會不會有所收穫，我還能不能繼續與眾人一樣，始終頭半垂，眼半閉，表情肅穆、沉痛已極。

如果不是我猛地萌發了這一路企盼，老林最終只能無可奈何地認可了我這麼個還算讓他太平的部屬，不也在情理之中麼。

兩、三年的交道打下來，對於作為支書的老林，我已然看得很是確切。我懂得，在他的轄區裡，我該牢牢地管住自家的言與行。我該與更多的人混同一體。不是人人有份的報償與前程，我都需逐出視野。我該與盡可能多的工友好好地相處，同時，只可以同極其有限的人選，有更親密的交往，如此等等，等等。

當然，做到這一切，於我來說，是再熟悉不過，也再熟練不過的。因為，在此之前，我不也正是始而本能地、繼而清醒地沿著這麼一條路，磕磕碰碰地走過來的麼。有這樣的閱歷墊底，不過兩三年時間，我已然讓自己變成了一名技術過硬、盡職盡責的工人，而且，是一個絕大多數工友樂意與之交往和共事的人。這評價，絕非自吹自擂，青工們、師傅們，甚至車間主任們，莫不認可。要不然，幹到第三年時，我也不會被眾人推舉為總廠一級的「先進生產者」。上了臺，領了獎，還從那尺來方的大紅封套裡，取出來了獎金五元。

此項殊榮，該說是我被社會目為「狗崽子」的人生履歷中，「官方」公開賜予我的最高級別的回報。無疑，老林作為一廠之首，把我中途拉下馬來，也只是舉手之勞罷了。他沒有這樣做，無論如何，該說是表達了一種好意，一份本原的善良與慈悲之心。時值一九七七年初，我不好說他如此待我，是不是也能算作含了逆「階級鬥爭為綱」而動的某種膽識與勇氣。至少，這件事，足可以讓我再明白不過地看出：倘若我真能死心塌地，忠心耿耿，在他的手底下幹一輩子，且只求老老實實地作一名普普通通的工人，諸如「先進生產者」之類的獎掖與隱含其間的好意、善意等等，他是肯給的，甚或會不止一兩次地給予。

遺憾的是，我要的卻是在人之為人的意義上，在社會的和人生的意義上，對於一個人來說，對於一個少年和青年來說，對於一個還對生命、對人生懷著某種熱忱與期待的人來說，大體上也還看得過去的那樣一種公平與公正。自小到大，我沒品嘗過這個，我渴望著這個，哪怕為此付出代價，哪怕最終還是要被證實為一個徹頭徹尾的弱者和失敗者。

而這些，老林手裡沒有。就算有，他也不可能心甘情願地給我。至於在他看來，業已是「大慈大悲」的給予，以及可能給予的種種慈悲，對於我來說，也未必真能看在眼裡。道理很簡單：生為「狗崽子」也好，作知青、當工人也好，始終只是和只有命運對於我的選擇，而絕非我對於命運、對於人生、對於自我的抉擇。如今，既然我已若隱若現地捕捉到社會坐標即將發生某種位移，既然恢復高考及報考條件已然公諸報端，林書記，我只能誠懇地道一聲：對不起，我要試著搏上一搏。

為此，我與老林的關係，從相對平靜、趨近改善，而驟然轉向激化。

我呈送黨支部的報考申請，很快有了明確的答覆。主管人事的那位女幹部，和顏悅色地對我說：你進廠以來，一直表現很好，群眾關係也很好。但是，你的出身不好，所以，黨支部決定不批准你報名。希望你安心本職工作，正確看待自己，看待組織的決定。

我被徹底激怒了。

我找到兼任黨支部副書記的廠長，對他說道：我給你們留一天的時間，供你們重新考慮你們的決定。過後，我將直接找黨中央告狀，問清楚黨報上登載的報考條件中所沒有的東西，究竟是黨中央私底下傳達給你們的，還是你們這一家共產黨硬塞進去的私貨。

結果，廠方作了讓步。當然，我也只算得獲了「半勝」：直到考試的前一天，我才被恩准脫產複習。所以，首戰告負，恰在雙方的意料之中。

許是先有勝算在胸，高考過後，老林與我頭一遭相遇，開口便道：「鬧那份自由主義有什麼好，就為白白扔出去五塊錢報名費麼。高考的癮也過啦，還是跟著我，老老實實當工人吧。」

沒考好，原本煩著。老林卻當著幾十口子人，一臉不屑地，這麼夾槍帶棒地數落一通，不能不讓我火冒三丈。於是，幾句很讓老林不好受用的話，也便衝口而出：「林書記，只要中央政策還允許我這號狗崽子，繼續浪費那五塊錢的報名費，我保證年年掏。」

這是我第一次當面且當眾頂撞這位黨支書，這位哪怕僅僅因為他兒子的緣故，我也不該不禮敬三分的長輩。我甚至有理由相信，老林在本廠，在書記任上，恐怕也絕少受到如此公然的挑釁與蔑視。

至今，我還清晰地記得那一霎時間變得紫紅的老臉，那一雙突然流出驚懼與憤怒的瞳孔。

老林默默地分開表情各異的人群，緩緩挪出車間。

對陣了三、四年功夫，我全然想像得出、且理解得了此時此刻，老林的憤怒與無奈。從最初一門心思地抓出我這麼個「暗藏的階級敵人」，到疑雲重重地辨識我是否真地「老老實實，從不敢亂說亂動」，再到似信非信地察看著我的彷彿也只求一份太平日子的言與行，直至最後大體上可以相信我已然被改造得像是個甘於一輩子在他手底下作一名普通工人的人，對陣雙方共同成就的這個過程，對於我，對於他，是同樣的艱難無比，同樣意味著需要一再地很是艱難地說服自己，一再地委屈自己的某些意願。

當我終於為著高考，破天荒地拍案而起，老林呢，恐怕有充分的理由，認定我竟然真的素懷「狼子野心」，而且「居心叵測」地迷惑了他這許多年。遺憾的是，當我以矢志一搏的言與行，坐實了他對我這麼個死心塌地的「階級異己分子」的最初始的和最深層的猜忌時，我已非「魚」，他亦無「網」。

第二年，我考上了大學。臨行前，我很想再見老林一面，可惜，老林病了。據說，這一年來，他的高血壓症，鬧得很厲害。

我揣著一份如若獻給完人的悼辭般的個人鑑定，結束了四年的工廠生涯。鑑定上寫了些什麼，並不重要，我感謝師傅們用這樣一件信物，將我的工廠生涯、我們之間的情誼，以至我對工廠和工友們的回憶，凝固在一份沉甸甸的真情與矚望之中。

我卻絕少回去看望師傅們。我曾經是他們中的一份子，我深知工人們絕不會嫉妒自己的同伴有更好的前程，同時，他們也絕不喜歡看到發達了的同伴，悠哉哉地遊逛到他們的機床前。我理解身為最底層的勞動一族，以及他們不能不有的這麼一種友愛與自尊。

我更始終為那場不該有的「苦戰」，而對老林懷著一份深深的愧疚。無論如何，在我還是「待業知青」的時候，作為一廠首腦的他，沒有把我的名字從招工候選人的名單中逐出，給我提供了一隅存活下來的人生空間。而依當年的世道人心，他真的把我開銷了，是絕不會受到任何詰責的。

或許，待我這麼個政治包袱真的黏到了他的肩頭，他後悔過。但是，四年相處，他對我，除去「公事公辦」，也再沒表現過別的什麼動機。既是公事公辦，也就與個人的品性無涉。要知道，身處他的位置，不會不對我這號人保持稍稍超出實際需要的警惕，哪怕僅僅基於「守土有責」，哪怕僅僅為著維護自己的和家庭的既得利益。

至少，看他如何待我，就能說明老林是個本分人，沒有太大的野心，以及與強悍的野心相得益彰的功利慾和權謀之術。否則，身逢其時，我這麼個「階級異己分子」的出現，老林本可以在政治上大大地撈上一兩把的。而且，倘若他真地想藉我的屍骨，官升幾階，給我這麼個毛頭後生設計幾套陷阱什麼的，怕也是易如反掌。

想到這種種的「兩可」，我看出老林的正直、善良與慈悲之心。倘若不是時逢那個年代，那樣一種政治局面，倘若不是雙方的政治標籤竟是那般地勢若水火，我與他，他與我，又何至於在內心深處，那麼持久地存在著那麼可怕的芥蒂與敵意呢，又何至於以一場撕破臉式的舌戰，作為四年相處的終結呢。

為這，我時常盼望有一天，我能再見他一面。我相信，這時我們自會平心靜氣地把種種往事說開來，化解去。

直到兩年還是三年以後，有位工友來看我，聽我說起這段心事，笑道：你拉倒吧，當年老林那病，一多半跟你無關。

據他說，廠裡那位很是風流的青年女工，也是在那一年，被「聯防」捉了姦。「風流案」，原是諸多領導很是喜歡審的。殊料，那女子被盤問得沒了半點廉恥之慮，心一橫，竟杏目圓瞪，說道：我跟男人睡到一堆全幹了些什麼，別人不清楚，你老林心裡也沒數麼……。

一番話，堵得老林渾身發抖，瞠目結舌。血壓，便由此如脫繮野馬。

廠區內的傳言，真假難辨，所以，對那位工友的話，我不敢深信。

其實，信不信的，於老林，已毫無意義。因為此時，他已經病故。

老林，是本廠建制之初，由區裡調派進來作黨支書的。雖只是區屬集體所有制的一家小廠，廠名和產品，講在口裡，也不是那麼風光體面。但是，就是這麼一家近乎作坊的小廠，至少在「文革」時期，在區裡市裡，也算得頗有名氣。每逢新的政治運動降臨人世，或是需要有新的典型面世，廠裡必然會有一批記者竄來竄去。逢年過節，老林或是其他的一、兩個人，偶爾也會有幸忝列規格頗高的大型慶典乃至國宴之類活動。儘管我不清楚這榮耀的由來，至少，我敢說老林的才幹與經驗，在其間起著不容抹煞的作用。

舞臺雖小，道具雖簡陋，老林書記卻把一臺戲紅紅火火地導演了二、三十年。在人生的最後歲月裡，他更親眼得見了新起的廠房，一幢以當時的標準而論，也算體體面面的六層樓房。於他的職守，於他所成就的小廠，老林可謂盡心盡力、盡職盡責。毫不誇張地說，他，是小廠的領袖與靈魂。

老林走得太早，我一直由衷地為之惋惜。直到有一天，我得知我們的這家小廠，已然倒閉多年，就連廠裡最值錢的那幢六層樓廠房，也已易手數次。此時，我終於意識到，老林去的，恰逢其時。

生逢其時，死逢其時，不也正是相書賦予「上品之相者」的運命麼。

劉師傅的歌

進廠的頭一天，攀談的頭一位老師傅，便是她。

我已在整平機前，擺動了個把鐘頭的冷軋帶鋼卷，不可能還覺不出累來。

事先，車間主任高師傅已囑咐過：若是活幹完啦，也別明晃晃地在眾人眼皮子底下歇息，讓師傅們留下個壞印象，且不說值還是不值，日後不也很難扭轉麼。甚時累，擠到「碼片」那案子邊坐坐，幹多幹少的，總歸沒閒著，誰還說得出個「不」字呢。

「碼片」，也是本車間的一道工序。沖壓過的毛坯，先要一片片篩選之後，碼放整齊，才好轉入下一道工序，作進一步的精雕細刻。

「碼片」這活計，沒有丁點兒技術可言，只是輕鬆，可以心不在焉，也可以邊幹邊聊。所以，照例只安排老的、病的，做這路活計。旁的人，無非是湊過去小坐片刻，歇息歇息，或是逗逗悶子。

頭一天進廠，誰也不認識，死皮賴臉地朝人堆裡湊，也是讓個「累」字逼得走投無路呵。還好，那案子前，恰好沒過客，只有五、六位老太太。

「坐吧，歇一會兒」，其中的一位，操著濃濃的鄉音，對我說。

「您老人家是山東人吧。」

那人呲著七零八亂的黃牙，樂呵呵地說：「可不麼。年輕輕的，你咋能猜得這麼準——也是從咱那『搭』過來的麼。」

「好像我爺爺那輩人，是山東的。旁的，我就說不上來了。」

「咱山東，天下最好的好地方喲。俺老家，可美可美呢。年輕的時候，俺紮兩長辮子，出來進去的，嘴裡總唱著」，說著說著，她竟自管自地唱開啦。

歌詞，因為日後又聽過無數次，至今我還約略記得幾句：

兒媳婦，哭漣漣，叫聲婆婆娘你不該，不該打罵俺。

八路軍，愛國又愛民，領著咱窮人鬧翻身，念書不丟人。

一聽就猜得出，這歌大有來歷，明顯是戰爭年代，解放區流行過的革命歌曲。不由得，對眼前這位其貌不揚，神態近乎委瑣的老媼，肅然起敬。

如此謙和有禮地待承她，顯然她也難得一遇，很快，她就變得很是高興，興致勃勃地說個不停。像什麼「早起十分鐘，拎上把掃帚，四下裡轉轉掃掃，領導心裡，一準高興」，「跟誰也別露富，有錢也別往外借，一準有去無還」，大凡小廠工人少它不得的「真經」，莫不跟我交待得明明白白。

劉師傅越說越覺著與我親密無間。她朝四圍窺窺，爾後湊到我耳根，低語道：「知道不，俺那老頭子，是公安局的。有啥事，儘管找我。」

這一來，可就讓我越發地誠惶誠恐起來。硬是再不敢低估這家小廠呵，活脫脫一處藏龍臥虎之地喲。

另一側坐著的老太太，在劉師傅說了沒幾句的當兒，已將大大的兩個字「不屑」，明打明地掛到了臉上。她似乎容不得劉師傅這般地躊躇滿志口若懸河，於是，趁著劉師傅又開始新一輪哼唱的時候，悄沒聲地遞過來一句：「別信她，她有神經病。她家老頭子，是公安局燒鍋爐的，總揍她。」

日後漸漸得知：這話裡，確實沒有多少虛構的成分。

很快，劉師傅的種種不很正常的地方，就連新近進廠的我們這一任「前知青」，也已是看了又看。

劉師傅卻始終喜歡跟我說這說那。或許，僅僅因為我畢竟屬於廠區內，不喜好明目張膽地捉弄她，以博眾人一笑的「個別分子」之一吧。

其實，就連我也知道，捉弄劉師傅，最有效的一招，便是煞有介事地說上一句：「劉師傅，可不得了啦，廠頭說啦，叫你退休回家。該找誰活動活動，抓緊吧。」

一聽這話，劉師傅必會先白傻傻地怔上一陣，爾後起身，朝四周的每張臉上，可憐巴巴地依次細細打量一番。此時，通常人人都會興致極佳地扮出一副既無奈又同情的模樣，讓劉師傅不能不信，不能不疑。於是，劉師傅就會扯起粗瓷片似的嗓子，從當年的「小板凳起家辦工廠、娘兒們跟斗把式地，可是不容易喲」，一路哭唱至「媳婦兒子嫌棄俺，讓俺退休，老家俺也回不去咧」。有板有眼，起起伏伏，一整套哭唱過不知多少次的詞句，足可以持續二、三十分鐘。

每每哭聲一起，相鄰車間的人們，但得抽出身來的，也都急吼吼地湊過來觀賞。有幾分年紀閱歷的，會邊聽邊感嘆：這是早年間，婦人哭喪的套式，講究自家編詞，還得有轍有韻，半哭半唱，讓聽的人，心裡難受，偏又捨不得走。如今喲，這路本事，難得一見囉。

倘若沒有頭頭腦腦出面阻止，必待眾人過足了癮，笑岔了氣，才會有好事之徒出來，作姿作態地對劉師傅說道：「劉師傅，您老人家可真是有『道』喲。您這麼一通鬧騰，廠頭全都悚啦，說是退休的事，眼下誰也不准再提。劉師傅，千萬別再吵嚷啦。不然，把廠頭惹急啦，您可就得立刻捲鋪蓋走人。」

這一套同樣不知復述了多少回的臺詞，對於劉師傅，卻永遠保持著足夠的震撼力。劉師傅會應聲而噤，瘋也似地碼片不止。

我考上大學的那一年，劉師傅還沒退休。

我慶幸自己不必眼見劉師傅真退休的那一天。

那將是極悲慘的一天。

不光是就劉師傅本人而言。

二唐

「二唐」，指的是曾任《文藝報》副主編的唐因和唐達成。就是這二位還在任上的時候，我們這些下屬，也大都這麼稱謂過他們。

「二唐」這個雅號，是什麼時候開始傳播的，不詳。只知道從五、六十年代起，唐因和唐達成就在《文藝報》任職，後來，又雙雙打成了「右派」，發配去「勞動改造」。「文革」後，《文藝報》復刊，已獲平反的他倆，又被調了回來，並且一直合作到八十年代中期。那篇很著名的評論文章〈論「苦戀」的錯誤傾向〉（載《文藝報》一九八一年第十九期），印象中，該說是他倆共同署名的最後一篇長文。

我是一九八三年夏天調入《文藝報》的。在「二唐」手下當編輯，不過三、兩年光景，且居中，少說也另有組長、編輯部主任兩層領導在，所以，直接打交道的時候，並不太多；公事以外的交往，更是近乎闕無。照理說，有資格寫他們的人，絕不是我。

雖如此，我仍時時產生寫一寫他倆的衝動。哪怕是僅僅能夠述錄下我的一些很是零散的觀感。

先說達成。

人人知道，大凡單位招收新人，正式或不那麼正式的面試，總歸是一道必不可少的手續。面試到了達成這一層，該說已是我能否進入《文藝報》的最後一關。

此時的唐達成，在副主編的位置上，想必已有些年頭，但，這位一望而知的「讀書人」，看來依舊沒學會正襟危坐，頤指氣使。沒見過多少世面的我，冷不丁地要接受一位文壇頭面人物的「面驗」，內心頗緊張，不足為怪。可他呢，也彷彿由於意識到了此刻自己三言兩語甚或一言不發，就可以決定一個人的命運，而顯得很不自在，甚至有點不好意思。

自己的這種不自在和不好意思，達成好像也並不太想掩飾起來。或者說，直到最終糊裡糊塗地「下野」，他也始終學不會完美地掩飾自己。就這樣，面面相對了好一陣子，不知是他還是我，首先忍俊不住，嘴角溢出了一絲自嘲的微笑。這表情，讓我們一下子擺脫了種種的拘謹，氣氛也變得煞是輕鬆和隨意。

達成同我聊了一陣，面試通常不能不有的，例如個人簡歷方面的發問，幾乎沒有。就連文學理論批評範疇之內的題目，也只是在讓我明顯地感覺到他已認可了我的調入之後，提及一個：「你對異化問題怎麼看？」

關於異化問題的討論，當時已「熱」得煞是「尖端」。應對面試之際，本該答得四平八穩才是，可我，卻順嘴放了一記「橫炮」：「這理論，挺深奧，我剛出校門，弄它不懂。只覺著，有過十年『文革』，無論如何，講講人道主義，哪怕講得抽象些個，也總比施行獸道主義、封建法西斯主義什麼的，強得多。」

這話說得，如同百姓口裡的大白話，實在是太缺乏「學術色彩」。以致達成聽罷，臉上的表情，似也唯有用「秀才遇上兵」來形容。儘管如此，達成還是同意調我進《文藝報》工作。當然，我知道，這與其說達成如何欣賞我，毋寧說，僅只表明了他慣常的領導作風——但有可能，總是充分地尊重部屬的意見，支持他們的工作。

這種與人為善、務求寬鬆的「領導風格」，就達成來說，與其說是一種經過深思熟慮的從政經驗和官場技藝，毋寧說，是作為一個地地道道的文人，陰錯陽差地置身於官場之後，固有性情的一種自然流露。說及此，不由得想起了一九八七年八月，我們去大連參加瀋陽軍區一位作家的作品討論會期間發生的一兩件小事。

一次是到軍艦上參觀。在我們即將離艦之際，舷梯前站著的一位水兵，將手裡的一只銅哨，舉到嘴裡「嘀嘀嘀」地吹了起來。達成見狀，一扯我的手臂，低聲說了句「走快點，別耽誤人家開飯」，便引領著眾人，一溜小跑，離艦上岸。直至跑出五、六十米遠，陪同我們參觀的瀋陽軍區創作室主任王中才，拖著胖身子，氣喘噓噓地攆了上來：「達成啊，跑什麼啊。

人家吹哨，是歡送貴賓離艦的意思呵。」眾人聽罷，笑得前仰後合。達成卻忐忑不安地問：「壞啦，真是失禮。要不，我返回去，跟部隊的同志們解釋解釋？」

軍隊有自己的一套禮儀規範，地方人士一時摸不著頭緒，也在意料之中。所以，大凡需要達成作為首長，應對軍界的禮儀程序之前，王中才總會仔仔細細地傳授一番。達成呢，每逢臨場之際，該記住的措辭，該效仿的動作，倒也作得一絲不苟。只是，照例不能聲若洪鐘，不能姿容威武；而且，越是需要他作「首長狀」地聽或說的當口，眾人看上去，他偏偏越是像個冷不丁被老師拎起來，怯生生地回答問題的小學生。幾次「實戰」之後，就連素常喜歡作「兵油子狀」的王中才，也由衷地嘆曰：「達成，一介書生，太不像官。」

而事實上，此時的達成，已是中國作家協會的黨組書記，名正言順的副部級幹部。從編輯一步步升遷到這個位置，該說是「久經宦海」。卻依舊「太不像官」，我想，這在很大程度上，是受制於達成本人的太過謙和、寬厚和友善的天性。這天性，或許正是通常國人目之為「一個好人」的特有本色；但是，作為一個「官」呢，作為不得不長期地置身於官場者呢，倘並不兼有與之相衡的另外一些性情，亮不出與官、與權相輔相成的所謂「鐵腕」，且無意經過苦心運作，早早地編織出一張包括了足夠充實有力的親隨、同僚與庇護者的「網」，這「官」，他幹得久麼？我懷疑。

與達成偏於「柔」的性情相反，唐因的個性，則更見出個「剛」字。儘管，同在一個規模並不很大的報社工作，天天都能遇上一兩面，但是，作為統覽全部預發稿件、主持報社日常工作的副主編，唐因幾乎每一分鐘，都被拴在辦公桌前；而作為新手，我們幾個青年編輯，也絕少有驚擾主編的理由。所以，在我的腦子裡，形成有關唐因的大致印象，則要晚得多。最初的點滴觀感，也只是從報社的學習會、情況通報會上得來。比如，關於他的嚴謹、他的博聞廣記、他的頗為傳統的文藝理論觀念，以及時常幽默得近乎尖刻的話鋒等等。因了這些印象，我們幾個新手，很長一段時間，是不大敢在他面前，太過隨便的。

中國文壇，有關某人是「左」是「右」的議論乃至定評，由來已久，只是到了新時期以後，這兩個頗具政治色彩的術語，才通常僅只作為一種「口碑」而存在，而流傳。此時，由於已經罕有來自政治運動的權威性認定，且絕少為當事者的境遇突變所證實，以致「左」或「右」的裁定，通常也只能是甚為含糊，變幻不定。這人說那人「左」，那人說這人「右」，聽多、見多之後，至少是如我之「文學從業者流」，便相應地生發出一種「以不變應萬變」的標尺，那便是：人人都有執守某一路理論觀點的權力，只要是表裡如一，不見風使舵，不將自己的理論用以落井下石、置對手於政治陷阱者，無論該說他是「左派」還是「右派」，都不失為一個不但有定見，而且敢於堅持和表明自己觀點的人。而這樣的人，顯然是應該予以相應的敬重的。

所以，在我進入《文藝報》之後，陸續從不同地區，不同年齡、背景的文壇中人那裡，聽到有關唐因「觀點甚左」之類評價，並沒有引起我太多的興趣。讓我不能不愕然的，卻是幾乎每一位如是評定著唐因的人，同時不忘補充兩句：這老頭，為人卻極正直，也很有學問。

據此，我不能不想到一點：在國人久經「左」的戕害之後，雖以「左」聞名文壇，卻又廣受敬重，乃至被稱為「好老頭」，若非真能在較長的時期和較廣的範圍，證實了自身的人格與心性，享有這樣一份口碑，可能麼。

幸運的是，我很快目睹了一件很能說明唐因的為人的事例。

大約是我進《文藝報》的年把光景。報社的一位中層幹部，開始申辦赴美手續。此公是國內小有名氣的「馬克思主義文藝理論家」，且有著多年的黨齡。而在美國審核簽證的諸多規定之中，共產黨員卻是與精神病患者等等，一併列為嚴禁入境的對象。所以，為了增加保險系數，此公便在相關的表格上，否認了自己的「共產黨員」身分。

或許真如老同事們所傳說的那樣，《文藝報》的主要工作人員，在美國的情報部門，是建有檔案的。美國駐華的領事，竟要求此公一手按《聖經》，一手撫左胸，面朝美國國旗，對其填寫內容的忠誠無誤，來一通詛咒發誓。

此公出境心切，履行了這項特殊手續。

他回到報社時，已是午飯時間。由於食堂沒有桌椅，人人都是買了飯菜，端到辦公室就餐。所以，每逢此時，就連唐因的辦公室裡，也每每座無虛席。大家邊吃邊聊，好不熱鬧，恰是一天之中，最為輕鬆和親密的時辰。

不知因了什麼，此公竟打著哈哈，繪聲繪色地講述了上午中辦簽證的全過程。

殊料，他的話音，未及落地，唐因已「砰」地一聲，把飯盆朝桌上一頓，騰出手掌，重重地一拍桌子，厲聲說道：「豈有此理。當年，就是腦門上有敵人的槍抵著，共產黨員照樣不背叛自己的信仰。現在呢，為了一張簽證，竟連自己是共產黨員，都不敢承認。還低三下四，朝著星條旗詛咒發誓，還有半點人格麼。幹出來這樣下作的事，也好意思大庭廣眾地說麼？」

眾人怔了。抬眼望去，只見唐因氣憤得兩眼冒火，那位同仁則羞得面紅耳赤，無言以對。絕少見到唐因動怒如此。

若非唐因，誰還不是覺著迫於情勢，作些言不由衷的表態或誓言，在國人眼裡，又算個屁呢。而此時，這位身高不過一米五幾的花甲老人，講出的這一番擲地有聲的話語，卻不能不令在場的一眾，肅然起敬。理由麼，或許只有一個：絕少有機會在如此日常的場景之中，如此平凡的事例之前，親眼得見一個如此真誠地信仰共產主義、如此珍重自己的共產黨員身分的人。

雖說，由於多年的經歷，我已很難再對任何一種理論觀念，懷有激情澎湃的崇戴，我卻不能不對這樣一種雖然植根於、卻遠遠不限於特定信仰的個人操守與人格力量，持以由衷的敬重。特別是，人人知道唐因在政治上，曾受過很長時間的不公正對待，所由導致的不幸，甚至一直延續到他去世。特別是，我更知道經歷過長時期煉獄之劫的人，哪怕是重新作了人，每每也恢復不了拍案而起的膽氣。相反，他們中的許多人，甚至已然習慣於把一切內心活動，包裹得嚴嚴實實，露不出半點蛛絲馬跡。

關乎「大節」或「大是大非」，唐因會勃然作色，拍案而起，但日常相處，或是討論問題時，唐因又是一個很有雅量的長者，很能「納諫」的上司。這一點，就是我進《文藝報》之初，便有所察覺。我注意到，哪怕是比我們資格稍老一些的年輕編輯，雖說與我們一樣，對唐因很是敬重，卻似乎從不顧慮當面和當眾，同他唱一唱反調。

記得八十年代初期，北京的話劇舞臺上，出現了一部頗具現代派風格的作品。《文藝報》組織全體編輯觀摹之後，安排了一次內部討論。唐因的看法，頗為偏激。他認定這劇作，在政治傾向上，很成問題。可有一位年齡與我相仿的女編輯，卻對這部劇作，情有獨鍾。於是，她也不管自己的立論與推理，是不是無懈可擊，在會上反反覆覆地數落「老唐」如何之「僵化」，如何之「神經過敏」。唐因呢，分明並不服氣，卻始終眨巴著一雙不很大的眼睛，情緒很好地且笑且聽。最後，在作總結性發言時，唐因竟因為「既然有人真誠地認為《車站》是好戲」，而決定《文藝報》對這部作品的評論反饋，一定要確保學術討論的思路，即：版面上，一定要反映各種意見；討論收尾時，不刊發結論性的意見。

這一類聞見，有過多次。漸漸地，就連我們幾個新手，偶爾也會跟這位「好老頭」，沒大沒小地逗上幾句。當然，就其本性來說，「二唐」都不算是喜歡說說笑笑的人，尤其是唐因，給人的通常印象，是不苟言笑，不如達成那般隨和。雖如此，大凡眾人玩得開心的場合，唐因倒也從不肯掃了誰的興致。此時，絕少開玩笑的他，甚至製造得出絕對一流的現場效果。

記得有一年，報社組織秋遊。晚飯後，大家湊到一起，每人表演一個節目。

輪到唐因了。只見他掏出條手帕，口裡有板有眼地說道：「我給大家表演個魔術。這一招，還是當年從北京天橋的『快手劉』那裡，磕頭拜師，纏磨了他好一陣子，才學到手的。二、三十年沒練了，不知道如今還成不成」。說罷，他一舉左手，將食指與中指伸直，喊一聲：「看準囉，兩根手指」，右手即將手帕朝左手上一蒙，爾後揭開手帕：「再瞧，只剩一根啦」。眾人定睛一看，原本伸直著的手指，確實少了一根，彎曲著的呢，卻多了一根。

眾人哄笑起來，齊說這不是魔術，是耍賴。唐因呢，極開心地笑著，如若一個頑皮的孩子。

光看公眾場合的他，絕然無法想見這位可親可敬的前輩，竟有著何其不幸的命運遭際。唐因的家庭，毀於五十年代的「反右鬥爭」。從那時起，直到去世，唐因始終獨身。八十年代，唐因曾與外省的一位女士，有過一段頗為浪漫卻又時常帶給他不安甚或絕望的戀情。儘管這一段處於祕密狀態的戀愛，報社同仁，大都略有耳聞。出於尊敬更基於同情，從沒有誰，把這當成一樁普通的風流韻事，妄加議論。曾經有過短暫的一段日子，風聞唐因有望如願完婚，留心觀察觀察，確見唐因春風滿面，情緒甚好，於是，報社上下，莫不為他高興了一陣。遺憾的是，這段戀情，最終還是不了了之。據說，導致這種結局的主要原因，是唐因縱有一腔癡情，而對方呢，「情」以外的考慮，不僅始終存在，且越發地多且重起來。

這段時間，對於唐因來說，「不了了之」的，還不僅是情感領域。當時，上至作協領導，下到報社的普通工作人員，都在談論《文藝報》由月刊變為周報的設想。而普遍的思路，是把這一項改頭換面，看成順應時代大潮的、頗為重大的「改革舉措」。而唐因呢，如同一個不聞窗外事的書生，力主繼續辦刊，或者，至少是先不要把刊物停掉。原本處在「少數派」的位置上，偏又只把這爭議，僅僅看成與諸多人事和諸多切身利益絕無關聯的爭議，一來二去，也只能使自己的處境和位置，連帶著，變得越發地不安穩。結果，唐因被合乎邏輯地調離了《文藝報》的領導崗位。

中國人口眾多，所以，結交之術，相處之法，歷來是一種極為重要的生存技藝，一種深不見底的世俗學問。一般說來，個性太強的人，可以不管不顧地堅持和表明自己的個性與見解的人，大都掌握不好這樣一門「大學問」，甚至，他們天生就不可能是那種熱中於且擅長於「走動」的人。而這樣的人，如果再長久地封裝在「一大二公」的體制之內，再熏陶出根深蒂固的「螺絲釘意識」，勢必越發地意識不到編織一張張獨屬於自己、並服務於自己的權益欲望的「關係網」、「人情網」等等，竟是人生在世，一項何其重要、常作常新的基礎性工程呢。

唐因呢，恰恰正是這樣的一種人。雖說屢經坎坷，直到暮年，與人交往，他依然唯以真性情，且滿足於「君子之交」、「學者之風」。所以，雖說他曾在作協系統效力半生，他那桀傲不馴、鋒芒畢露的天性，卻絕不是每一個人，在每一時刻，都可以處之泰然，忽略不計的。儘管他口碑上乘，當他處境維艱時，卻不可能有很多人，僅僅因了他的「克己奉公」，甚或僅僅因了相互間的私人情誼，而挺身出來，鼎力扶助。

何況，中國的文壇，嚴格說來，始終富於官場色彩。既是官場，則種種心照不宣的和祕而不宣的規範，又豈只憑著一派「只問耕耘」的書生心腸，就能應裕自如呢。

想明白了這幾層，唐因的蹭蹬，更該說，乃是由他的這樣一種未免過於剛直不阿的天性所鑄就。

與之相比，唐達成的「柔」，似可以平安地應對更多的時辰，更多的事態。或許正因如此，達成還算平順地升遷到了作協第一把手的位置，而且得以在這個位置上，「苟延」數年。而屢經坎坷，又在宦海浮沉經年，性格雖偏於「柔」卻並不失其「剛」，內裡「真」而不「詭」，應該說，正是達成的難能可貴之處，可親可敬之處。

一九八五年春，我決定結婚。由於未婚妻是現役軍人，部隊發來公函，作例行的「政審」。作家協會的一位人事幹部，不知出於什麼心思，將我出生之前即已被處決的一位舅舅，赫然標明，爾後加蓋了公章，私自寄去。這一來，嚇得部隊經辦人員，足足二十來天，不敢批覆這一樁結婚申請。

不經領導授權，私自動用人事印鑑、填寫和寄發人事檔案材料，對於一個人事幹部，該說是很嚴重的違規行為。至於我，從小便因為家庭出身，屢遭歧視，好不容易熬到了「新時期」，竟因為區區一樁婚事，還需經受這一路捉弄，不由得，怒氣沖上了天靈蓋。

我找到報社領導，將記者證一甩，下了「最後通牒」：三天之內，不把這份材料索要回來，我這「狗崽子」，便拿我這狗命，換那人事幹部的人命。

所幸，已不再是亡靈主宰活人的年代，所幸，人們已經普遍地和公開地憎惡任何一種企圖從政治上加害於人的行徑。

儘管那段婚姻僅僅持續了四年，我卻至今難忘報社同仁，因為那不大不小的周折，而執意在機關為我舉辦了一場熱熱鬧鬧的婚禮。新任主編謝永旺不顧次日已安排了手術，特意從醫院趕來，參加我的婚禮，並且拉著我的手，當眾申明：讓你受了不應有的委屈，所以，今天我必得趕來，參加你的婚禮。

越是無法忘懷此前二十來年的風風雨雨，我越是感戴報社內外，上上下下，在這段日子，給予我的同情、關懷與支持。

懷著這樣的心情，我攜妻去「二唐」家裡送喜糖。

此時唐因，已就任魯迅文學院的院長。三說兩說，說到了那件事。唐因憤憤地說道：連起碼的組織紀律觀念都沒有，讓這樣的人待在幹部部門，哪裡放得了心喲。人家不就是想結個婚麼，也忍心刨人家的祖墳麼！

達成呢，同樣真情和動情地，講了另外一番話：別背包袱。領導和同志們，絕不會因為家庭出身、社會關係什麼的，對你另眼看待。說實在的，要論這些，我比你，也強不到哪裡去。經過十年浩劫，我們都應該相信咱們的黨，不會再犯「唯成分論」之類的極左錯誤。就算真的還有那麼一天，批鬥你的時候，我一定到場陪鬥。當然，到那時，也不光是我們個人蒙受不幸，我們的國家，我們的民族，也要毀掉的。

兩位前輩所說，都令我感動與感激。他們的性格差異，卻也如此鮮活地展示在我面前：一個是感同身受，忿忿不平，不吐不快；另一個，則是怨而不怒，喻情喻理，饒有分寸。

那位人事幹部，因為這一次的「違紀」，受了批評，不過，並沒有影響前程，據說如今，官已升至正局級，儼然一位實權人物。

而此時，達成，則已賦閒數年。

我相信，即便達成在位，那人的官，也會升得很順。道理很簡單：文壇不全然是官場，正在於領導層中，照例會有若干文人。文人麼，無論脾氣稟性差異多大，於人於事的見地與感受，又是多麼令人誠服，卻照例又有著同一種致命之處，那便是，過於善良的心性，與過於本分地用權。

囿於此，他們不能不遷就和容忍許許多多他們未必欣賞的言與行，人與事。屬下之「兵」，越是霸氣十足，自行其事，這些「官」的秀才本色，便越是暴露得毫髮畢見。於弱者，無力扶助，於親朋故舊，怯於倚重，於詭詐刁鑽之徒，無術規整，於諂媚宵小之輩，無從防範，便成為這些終不能不把「文」看得比「官」還略略重些的「官」們，不能不有的悲哀。例如，莫說達成，即便唐因，又何曾在怨怒斥罵一番之外，忍心處置過屬下的哪一位呢。可見，所謂好人，與所謂好官，未必是一碼事。

卻不是人人不嗜為官，不擅作官，不擅弄權，不忍下手，哪怕，至少是不忍對他們下手。

唐因在魯迅文學院院長任上，無聲無色地消磨了兩年還是三年之後，辦理了離休手續。一九九七年的某一天，《文藝報》刊發了唐因病逝的消息。此後不久，同樣是在《文藝報》上，我讀到了中國作家協會機關黨委書記劉紹峰寫的一篇悼念文章。文章中，有這樣幾處：

「我與唐因老師同住一樓，他家的門總是關著的……」

「惟有十歲的三咪（一隻黃貓）與您朝夕相伴。三咪不講話，也少了許多的是非。您每天讀書坐在沙發上，三咪便臥在沙發的扶手上，始終陪著您。您留在辦公桌上的『唯有狸奴來伴我，無言相對到天明』的字幅，難道是您晚年生涯的寫照嗎？」

「……您穿一條皺巴巴的長褲，一件汗衫，臉上鬍子拉碴，一副疲憊、頹唐的樣子。我心裡很不是滋味，又不知說什麼好。您說，這兩年我的確感到自己衰老了，想把戶口和離休關係轉到老家上海松江縣，那裡還有我九十多歲的老母親，老家人情味濃，對我的心情也會有好處……」

——借此，不難想見唐因晚年的心境。

在中國作協系統，幾乎人人知道唐因很喜歡貓，家裡一直養著貓，最多時竟同時養了七隻貓。貓，成了唐因晚年生活的最大樂趣，寄繫情感的所在。對此，我覺得很難理解。依唐因的個性，似更該欣賞虎的麼。

達成的仕途，則終止於那場著名的「政治風波」。一九九二年秋，我們曾一同去南方參加過一次文學活動。其間，主辦者安排眾人參觀了一處廟宇。據當地人說，這廟裡供的神、求的籤，很是靈驗。達成被我們一眾哄勸著，依照成例，求了一支籤。解籤的和尚說，是上上籤，今冬或是明春，施主定會如龍逢雨、虎臨風，有一番大作為的。達成笑笑，那表情，如同當年面對軍界禮儀，勉力誦讀了一段程式化的答辭。

轉眼又是幾年過去，達成依舊賦閒。前不久，他住進了醫院。據說，是癌，病勢煞是兇險。

「二唐」都是著名的文學評論家。以都是解放前即投身革命、一九五七年都打成「右派分子」而論，兩人的半生經歷，大相彷彿；而且，又在一起，共事多年，誠可謂患難之交。

我初到《文藝報》的時候，就聽老編輯們說起，「二唐」那篇批評《苦戀》的文章，寫得很是艱難。其間，達成一度想打「退堂鼓」。為此，他曾夜訪唐因，說至動情處，甚至落了淚。唐因呢，或許內心深處，未必對撰寫「命題作文」有多少興趣，關鍵時刻，卻不能不以兄長的口吻，開導達成穩定情緒，從容應對。

縱有這許多「共」與「通」，在我的印象中，「二唐」無論在任之時，還是卸任之後，相互走動，卻並不很多，私人交往，更是相當有限。對此，唯一合理的解釋，在於他倆都是尊奉「君子之交」的文人，或者說，都屬於黨政幹部中，厭棄拉幫結派、私相授受的那一類。捨此之外，例如在人格和學識方面，我相信，他們是相互信任，相敬相契的。

「二唐」都是儒雅之人，也都寫得一手好字。唐因擅小楷，達成工大字。唐因過世後，我聽說在唐因那城磚般厚重的檔案袋裡，盡是他在長達二十年的「右派生涯」中，寫下的一行行、一頁頁蠅頭小楷。為著種種莫名其妙的罪過，甚至為著一閃而過的所謂「邪念」，唐因無比虔誠地面對他心目中無比神聖的黨組織，無比痛徹地解剖著自己，批判著自己。

達成病重的消息傳出之後，我不禁憶起一九九〇年夏季，赴北戴河參加「茅盾文學獎」初選工作時，在「中國作家協會北戴河創作中心」大門旁，見到的那一方銅匾牌。當時，眾人一眼便認出，那匾牌，還是達成在仕時所題。

於是，相互叮囑道：回到北京之後，匾牌這一段，務必別再提。為官一任，還是容他在這很是不起眼的地界，留存下幾個字吧。

宋先生，走好

「先生」這個稱呼，重又在國人的口耳間進進出出，不過十來年光景。在這之前，舉國上下，講究稱謂同志、師傅什麼的。那時候，倘若特意把誰喚作「先生」，與其意在表示尊敬，毋寧說，更強調了彼此之間，存有心照不宣的莫大距離。只是，點明這距離，未必含有特別的敵意，或許相反，恰恰表明認可對方享有類似「法外施恩」的那樣一種政治禮遇。所以，在官方文本中，通常也只有為數不多的所謂「民主人士」，也才消受得起「先生」二字。

宋先生便是其中之一。

宋先生曾經作為國民黨戰犯，蹲了十年大獄。一九五九年蒙恩特赦之後，在京郊的一所農場，作過一陣子園林工人，很像是重踐凡塵的一段過渡期。待到一九六六年下半年，我初次得見宋先生的時候，這一切，都已成為久遠的往事。此時，宋先生已是老資格的政協全國委員。月工資二百元人民幣，除此之外的待遇，據說，相當於副部級。

說起「待遇」二字，也算是現代漢語中一個很特別的術語。一般說來，它包括兩方面的內容。可予聞的會議、文件，以及在正式場合中的看聽行坐順序，是謂政治待遇；舉凡人生一世與為官一任之所需，種種相當精確的量化標準，此之謂生活待遇。至於個中的每一項量化標準及其由來，就未必是我這一檔次的智商也敢擺弄的偌大一門學問了。

好在，宋先生的副部級待遇，還算一目了然。像居住條件和醫療標準，比平頭百姓高出一截啦，外出公幹，也是可以坐一坐小汽車啦。諸如此類的供給，考慮得甚是周到，著實見出黨和政府對於這樣一些「民主人士」的體恤之情。時值「文革」，人至暮年，宋先生依然還能享有這樣一份安逸和舒適，該說是很大的幸運與福分。所以，記憶中的宋先生，總顯得面色紅潤，心身安泰，滿目笑意。

這印象，是否絕對可靠，我說不好。畢竟，我去宋先生府上的機緣，並不很多。與宋先生一家常來常往的，是我的妹妹。

宋先生的養女，與妹妹是中學同學。「文革」一起，兩個十三、四歲的女孩子，一下子都處在了遭白眼受排擠的境地，不知不覺，也就開始走動起來。越走動越親密，友情一直保持到今天，而且連帶著，讓兩個家庭，也有了一定的交往。

交往了相當久的一段日子之後，我們才從宋先生口裡得知：當年，宋先生與我父親，本是極熟悉的朋友。事隔幾十年，兩人交往的一些細節，宋先生依然記得很真切，講述得很有感情。

說不確切宋先生究竟是因為對我們產生了信任與好意，才放心大膽地主動提及我的父親，或是相反，因為我們有這樣一個父親，宋先生更容易接納我們。當然，有一點，卻是人人都看得明明白白，那便是：這樣的回憶，勢必大大拉近我們與宋先生的心理距離。關於這一層，我相信飽經滄桑的宋先生，不會想不到。偏偏隔了這許多時日，才允許自己講出來，或許只是謹言慎行者的習性，也或許，是宋先生需要給自己預留下足夠的時間，把箇中利鈍，思忖清楚。畢竟，按照當年的權威界定，他是眾目睽睽之下的「先生」，而我們呢，則屬於「生在紅旗下、長在新社會的一代」，冒冒失失地攀扯這一路「前朝緣」，於誰，都是一種太過犯忌的舉動。

犯忌歸犯忌，宋先生確乎沒有跟共產黨爭奪下一代的用意。據說當年，在敗局已定的情況下，宋先生的警衛團，本打算冒死掩護「宋司令長官」突圍的。宋先生呢，此時卻已不忍一千同鄉子弟代他赴死，於是心一橫，索性命令部下「獻」了他出去，還眾人一個「立功受獎」的機會。這舉動，讓我想起更早的當年，項羽烏江之死的意味，而從宋先生一生的兩大段落著眼，無疑這正是宋先生訣別舊朝代的起始。有趣的是，在宋先生蒙恩特赦之前，臺灣國民黨當局已把他列入「為黨國捐軀」的名冊裡，並且在「忠烈祠」裡，正兒八經地供奉了他的牌位。這樣做，無論當局的本意如何，畢竟，也算是陰錯陽差地將宋先生交割到了自家的小朝廷之外。

就這樣，宋先生與蔣介石的國民黨政權，各自挑選了一種自己也還看得過去的方式，了斷了彼此的前緣。此後，宋先生歷經十年煉獄，後半生棄舊圖新的人生軌跡，才逐漸得以自覺，且最終獲得了新時代的確認。以宋先生為例，可以見出中國共產黨人在改造昔日宿敵方面所取得的驕人業績。記得八十年代初，黃濟人先生寫過厚厚的一本《將軍決戰豈止在戰場》，對宋先生這樣一批國民黨戰犯以及另外一些日本戰犯，在撫順戰犯管理所中的改造自新過程，很是詳盡和自豪地記述了一回。讓我覺得，高牆之內那一方甚是清純的改造環境，堪稱天底下設計最其精美的一處「改造階級敵人的樣板間」。不僅如此，就連羈押其間的「階下囚」那甚是單純直率的性格構成，以及他們如此流暢地走過了自新之途，也同樣令我拍案叫絕。或許，這正是那種可以按照特定思路，加以全面設計和精心運作的封閉式的生存環境，在改造人和塑造人方面的獨到之處吧。

不過，一般說來，牢獄中的思想改造，或許也是不能不有沉重的一面的。比方說，我曾聽母親說起，五十年代，我家被抄過三次，原因呢，是因為牢獄之中，也在開展如火如荼的「三反五反運動」，相應地，我的父親也就被理所當然地列為「大老虎」。既然挨鬥的與鬥人的，都是急於戴罪立功的在押犯，從「大老虎們」口中坐實的「不義之財」，也便可想而知地與「鬥」俱增，數額驚人。再比如，有位「文革」期間進過一處或許不那麼正規的大牢的「反動學生」對我說，初初坐牢的時候，他還挺拿自己當人的，所以，竟為了七七八八的事由，鬧過一陣子絕食。哪知道，獄方的措施相當得力：先給他套了件緊身衣，爾後縛他在手術臺上，用插胃管的方式，生生灌進入一大碗其鹹無比的玉米粥。人麼，餓或許忍得，卻耐不住渴。想喝水麼，那好，先應承了停止絕食再說，先乖乖地把囚糧嚥進去再說。再比如，大約七八年前，我聽人說起，五十年代末，他曾在東北某重工業基地受命接待過一群在押的國民黨戰犯。這些人，是受命前來參觀社會主義建設成就的。他說，在聽完工人師傅的講述之後，他們中的某個人，便代表全體戰犯，聲淚俱下地痛罵了一陣子自己的前半生罪惡，爾後引領全體人犯雙膝跪地，叩首不止，以示向受過他們欺壓的工人階級請罪之心……。

宋先生是不是也在這群人之中，我猜不出。我更琢磨不清的，是建國以來的十幾、二十幾年間，一方面，有如宋先生這樣的舊朝重臣兼階級宿敵，被成功地改造成了新時代的信徒與摯友，而另一方面呢，「生在新社會、長在紅旗下」的如我之輩，卻又僅僅因為父輩的歷史，被越來越赤裸裸地看作新時代的異己勢力和潛在敵人。唯其如此，無論高牆之內的改造，是不是真地如黃濟人先生描寫得那樣痛快淋漓，陽光明媚，對於有幸生於卻又不幸見疑於新時代的我等，對於不幸淪為新時代的「群眾專政對象」卻有幸見容於高牆之外者，才會在看罷

《將軍決戰豈止在戰場》之後，不由得要把宋先生們待過的「撫順戰犯管理所」，看作一隅人間仙境呢。

不曾料到的是，從仙境走出來的宋先生，卻還記得舊交與舊誼。以致他的一番回憶，在我的心中，一時竟引發了不小的震動。這倒不是因為我從小沒有機會親身勘驗自己的父親，少小時，偏又對沒有機會相處的父親，一直懷有很強的窺知慾。恰恰相反，從上小學開始，無論是社會施予的系統的「正面教育」，還是一心巴望我們走「革命大道」的母親，早已成功地在我的心中，聚合出了一具僅僅是可憎的政治符號的「父親」。此時呢，正值「文革」，全民族的「造神」與「造鬼」，莫不達到了登峰造極的地步。冷不丁聽到一位值得尊敬的長者，帶著懷舊的口吻，講起了我的父親，最令我驚詫的，莫過於悟覺自己的父親竟也是，或者說，卻也曾經是一個同樣擁有自己的身高體態、音容笑貌、性情嗜好的活生生的人。

想像父親現今的模樣，卻很難。自從母親與父親辦理了離婚手續，我再沒見過父親，也再沒聽到過他的半點音訊。如果不是惟恐自己再從「在押反革命的子弟」降至「與共產黨有殺父之仇的狗崽子」，那個僅僅作為一具政治符號的父親，本不會牢牢地刺在我內心深處的某個角落的。

當然，此時我能猜出的，只是他還活著，否則，篤定我會被及時地罵作「與共產黨有殺父之仇的狗崽子」的。

還記得小時候毫無章法地閱讀過的種種閒書中，有契訶夫寫下的一句話：「壞念頭是不會無緣無故地自己跑進心裡來的」。倘若這話講得有道理，那麼我該說，如果不是從小到大，正史施予我的「正面教育」，總在喋喋不休地提醒我有個「反動老子」，為此我十有八九會墮落為新社會的死敵，我大概是不會時時事事地想到自己竟也會與生平無緣得見的那個舊時代，有著血親般的不解之緣。這，或許可以稱之為「正面教育」在不成氣的我這裡，派生的一小粒苦果吧。

心裡被植入了這麼一路「病態」，雖說還不至於真地驅策我走上反黨反社會主義的道路，卻也不免令我的腦子裡，生發出七七八八的怪念頭。其中之一呢，便是對出現在自己視野中的前國民黨人，很容易產生興趣。這興趣，最初或許更偏於從他們那裡窺知些「前朝野史」，隨著閱歷的增進，我漸漸明白，大凡經歷過命運跌宕的人，尤其是那些因了時代的變化而有個人命運轉捩的人，所能提示的視角與感悟，無論入不入得正史，都很可能大有益於解讀真實的人生。

在我所接觸過的前國民黨人中，宋先生當屬地位最高的一位，同時呢，他似乎又是最不情願談及往事的一位。哪怕是一九七二至一九七四年間，我與宋先生一家走動最多的那段日子，我對宋先生的了解，依然主要從眼中得來。

走動相對多一些的主要原因，是這期間我作為「病退知青」，揣著「口袋戶口」，前途未卜地滯留京城。此時，我手裡最富裕的，自然要數總也不知該如何打發的光陰，其餘的，則莫不捉襟見肘。就連頂頂少它不得的糧票，此時也都成了老大的疑難。在這個每況愈下的人生段落，有段時間，我變得異常煩躁和頹唐，鎮日閉門枯坐，幾乎沒了應對困境的勇氣。

一天下午，宋伯母口稱家裡有件力氣活，把我找了去。我去了，朝一張舊椅子上，敲了幾粒釘子進去，便再也無事可做。宋伯母卻不讓我走，說是宋先生閒得無奈，陪他下下棋吧。

對弈了三局，宋先生贏了我三局，且每一次，都是用一只原本毫不起眼的「卒」，了結殘局。

宋先生意猶未盡，守著殘棋，與我說這說那。

「『將』麼，困守城池，無非是一粒閒子，『卒』呢，可不敢說是閒子，拱得巧，也能成『勢』。」老人微微笑著，冷不丁又把話題拐到棋上。

我抬眼一望，見宋先生正盯著我。眼裡的神情，讓我一下子「讀」出了弦外之音。

不是麼，平心而論，人生一世，最大的可能，與最大的難處，不正是在既定的棋局中，充當一只很不起眼的兵卒麼。

命中注定為兵者，比不得生而為出將入相者，立足已頗不容易，何況還須一步步地拱了看，看了拱。

生而為兵者，當與坐享其成、一蹴而就、隔山取火等等，概無緣分，所以，為「兵」之道，無非是打起精神，審時度勢，朝不可知的前路，一步步地「拱」將下去。

無怪乎，自古只說「兵法」、「兵書」、「用兵」，卻無「將法」、「將書」之謂呢。

宋先生聽罷，會意地一笑，說了聲「解得好，有味道」，轉了話題。

老人的良苦用心，以及他們的表達方式，都讓我大受感動。

回首半生履歷，我該承認，自己絕算不上有福之人，人生之旅，似乎總是那麼坎坷不平。此外呢，我更該說，自己畢竟得以磕磕絆絆地走了下來，而且心靈深處，尚得以留存些許美好的東西，無疑應歸功於這期間，我的親朋故舊以及我有幸接識的許許多多的普通人，給予我的諸多關愛和援助。這些不存半點回報之心的扶助，讓我一次次地感悟了人間的真情、人生和人性的至善與至美。而這，我以為，正是命不如人者，不必心不如人、志不如人地活著的唯一動因。

尤其是，我知道那些幫助過我的人，也有自己的難題與困阨，甚至可能比我活得，更不容易。

包括宋先生，「文革」以來，他的處境，其實並不像我最初看上去的那般閒適和超然。

「紅八月」伊始，宋先生先是被政協機關的「革命群眾」勒令去「監督勞動」了好一陣子，緊接著，家裡又遭到「紅衛兵」的抄砸。所幸，此事引起了周恩來總理的關注，一干「民主人士」及其住所，隨即受到了有效的保護。

即使受著強有力的庇護，宋先生依然無法全然置身於這場席捲全國的政治運動之外。一九六八年五月，中共中央正式提出了「清理階級隊伍」，從此，這場旨在以死材料整治活人的「運動」，便一浪高過一浪地，一路持續到了「文革」的結束。所以，在「文革」期間的受害者中，禍起所謂現行活動的，與被尋索出了所謂歷史罪行的比起來，也只算得「一小撮中的一小撮」罷了。可想而知，欲深挖細查誰人的「歷史罪行」，欲推翻或敲定某一樁「歷史舊案」，如宋先生這樣的業已被認可為新時代的「民主人士」的「前朝重臣」，正是五花八門的「專案組」與方方面面的「內查外調人員」眼中，最有利用價值的「活口」。

於是，隨著「清理階級隊伍」的層層鋪開與步步深入，宋先生便被越來越多的外調人員所包圍。翻檢往事與故人，此時竟成了極不情願回首往昔的他，日日少不得的一項功課。

舊事重提，就宋先生本人而論，在通常的情況下，倒也不致引火上身。事實上，像他這樣的前朝重臣，當初在牢獄之中，邁出的「改過自新」的第一步，便是把自己的歷史，源源本本，丁點兒不留地合盤托出，以示向黨交心，向人民認罪的誠意。這，便是所謂「不求歷史清白，但求歷史清楚」這一著名口號的要義所在。在出獄之後至「文革」之前的幾年裡，宋先生更以見證人或當事者的身分，就民國時期的某些重要史實，在類似《政協文史資料》這樣的書刊上，發表過不少追憶性的文字。既然舊日的一切，早已坦白交代得一清二楚，宋先生面對外調人員的盤問，是不必心存顧慮的。不僅如此，以宋先生接待這一類來訪者之誠懇認真、不厭其煩而論，我甚至相信，真誠地接受了黨的改造，有幸獲得過新時代的特赦，並且一向受著黨和政府的諸多照顧的宋先生，完全可能把這項「功課」，視若為黨工作、為新時代效力的機會。

雖如此，這一項功課，卻未必總是那麼容易應對。以宋先生在舊時代的地位而論，他所接觸到的並且給他留下清晰印象的，大抵是當年的重要之事、顯赫之人。而這一部分史實，連同本人的介入情狀，莫不早已形諸宋先生在獄期間寫下的坦白交代性文字，甚或早已公諸報刊。誰若有意了解和核查這些，自然不必再勞宋先生口述。所以，大凡特意找上門來詳加詢查的，每每是宋先生，乃至曾經負責審查宋先生歷史的相關部門，當年不曾留意、甚或都不曾放在眼裡的或人或事。

放大了看，極端重視對於個人歷史的審核與梳理，該說是中國共產黨的一種傳統。建國初期，全國各地組建過很多所「革命大學」，其使命，即在組織那些從舊時代「接收」過來的公職人員、知識分子、以及國民黨投誠起義人員等等，接受馬列主義的啟蒙教育，並且按照「不求歷史清白，但求歷史清楚」的原則，回溯個人的政治歷史。相應地，經過政治審查的學員，要麼分配了工作，要麼接受進一步的審查和處理。這種由黨內擴大至黨外，由幹部擴大至平頭百姓，由政治歷史表現擴大至個人生活的各個領域的「政審」，在此後開展的歷次政治運動中，始終在進行之中，乃至奠定了我國人事檔案的基礎。不難想見，就這麼長達十七年地一路「審」與「查」下來，到了「文革」，到了「清理階級隊伍運動」，本該交代清楚而故意隱瞞的歷史問題，值得一查而一向忽略的審查對象，該說是相當有限的。此時尚有「加工」餘地的，要麼是將業經查證的舊案，賦予新的界定；要麼呢，便是在原本不值一提的雞零狗碎上，大動干戈。事實上，也正是這兩方面的清理，恰恰在席捲全國、持續多年的「清理階級隊伍」的運動中，卻成了連本戲乃至重頭戲。

對於宋先生來說，原本不很起眼的、令他太難憶及的人與事，如今，卻有待垂垂老矣的他一一加以追憶，並且追憶得俱細俱微、確鑿無疑，其難度，可想而知。宋先生呢，一方面，對黨交代下來的任務，不敢存半點慢怠之心，另一方面，又深知自己的證言，很可能直接決定著審查對象的生死安危，模稜兩可的話，更是不敢說半句。完全憶不起來的人與事，倒也好辦，怕的是，那些似乎有些印象卻又說不很準確的人與事，就著實讓人費神費力，不好張嘴得很了。時間一久，實例一多，即便宋先生，也不能不對這場運動的另外一面，有所感悟。

有一次，一位來自西南某地的外調人員，一大早便在全國政協工作人員的陪同下，來到宋宅。據他說，為著這項外調任務，已經出差三個來月，跑遍了二十幾個省市。

少不了的幾句寒暄之後，雙雙轉入正題。

在長達三四個小時的交談中，來賓的發問，幾乎涉及了宋先生在民國時期的全部經歷，讓宋先生越發地覺著來人所欲調查的，篤定頗有分量。眼見已是午後一點，宋先生又乏又餓，再不堪這般漫無邊際地對談下去，於是和顏悅色地問道：您此行，究竟想調查什麼人，什麼事。

來賓沉吟片刻，表情嚴肅地報出了一個名字。

宋先生左思右想了好一陣，還是了無印象，便問：他，確與宋某人共事過麼。

來賓答：據他交待，抗戰時期，給宋先生當過三個月的衛士。

宋先生終於忍不住了，冷笑一聲，說道：當年我的護衛，有整整一團人。我能個個記得麼。

送走來賓之後，宋先生沉默了許久，最後長嘆一聲：「這，哪裡是外調呵，分明是遊山玩水麼。糟蹋那許多錢，不知道心疼麼。國家，難道真地富裕到了這個程度麼。」

那一日，恰巧我妹妹在座，見宋先生情緒不佳，順嘴說了「清隊運動」中出現的一則笑話：有個老工人，抗戰時當過兵。仗打得殘酷無比，同個戰壕裡的，最後只剩他一個。他一害怕，偷偷開了小差。一搞「清理階級隊伍」，這人當年究竟是八路軍還是國民黨兵，就成了專案組急欲搞清楚的一大歷史懸案。有趣的是，此人平日雖有點神經兮兮，關鍵時刻，卻知道如何應對，審來審去，只說「俺當的，是抗日的兵。俺當兵的那陣子，是國共合作。」

宋先生聽罷，強笑笑，淡淡地說：抗日的兵？這話不好答了。總歸不便說國民黨也抗日吧。

想來，妹妹講的故事，無意間觸及了宋先生的一塊不大不小的「心病」。

記得在黃濟人先生的《將軍決戰豈止在戰場》一書中，看到這樣一段敘述：當一干「國民黨戰犯」與侵華日軍戰犯，在撫順戰犯管理所不期而遇時，一度群情激昂，莫不覺著受到了極大的傷害。因為，在他們看來，他們抗擊過日本鬼子，無論如何，不該與日本戰犯相提並論。

不僅是他們，我曾接觸過的前國民黨人，在國民黨當年是不是也抗日這個問題上，對曾經流行二、三十年的權威界說，大多心存微辭。有時，他們甚至會情不自禁地講起抗戰期間，也曾親身參與或聞知的種種往事。這種「不合時宜」的話，他們也敢俱情俱狀地講出來，讓我不能不信其真。屢屢目睹這樣的場面，讓我不由得想到：抗日戰爭，是一段事關民族大義和民族氣節的歷史，勝利者需要擁有它，失敗者同樣想擁有它，甚至在某種意義上說，是更需要擁有它——因為，在他們曾經效力過的那個政權被推翻之後，這幾乎是他們從自己的前半生中，唯一可以撿拾出來，聊以自慰的和無愧於子孫後輩的回憶。

除此之外，我覺得，我所接觸到的這些前國民黨人，如此地計較國民黨是否也抗日這一類問題，還在於所謂國家觀念和民族意識，幾乎也是他們在舊時代唯一明確和自覺的「政治覺悟」。觀察和了解這些「前朝遺老」，讓我能夠還原出的國民黨，比起中國共產黨來，無論以組織的嚴密、紀律的嚴明、方向的明確等等方面而論，還是從理論基礎之雄厚、政治思想之統一的程度來衡量，作為政黨，也只配稱作烏合之眾罷了。或許正因為原有的政治理論修養近乎闕無，所以，無論是經由高牆之內的思想改造，還是群眾性的社會主義思想啟蒙教育，新時代的政治理論體系，在這些人的頭腦中，得以初步的確立和認同，並不是一種太過艱難、太過長久的過程。或者，至少可以說，遠遠不像「人還在、心不死」所渲染的那樣艱辛曲折、刀光劍影。

這些前國民黨人，莫不對我講述過國民黨政權的積弊。諸如派系林立、官場傾軋、政治腐敗、貪贓枉法、人心渙散、民怨沸騰等等，到了一九四七至一九四八年間，已達到了極致。所謂「國將不國」的大勢，其實已是個個心中有數。此時，倘若僅僅是沒人能夠拿得出「力挽狂瀾」的良策，倒也罷了，可悲之處在於：人人並無救「國」之心，個個但求救生自己。這情狀，恰似擠在同一條破船上的人，明知船沉在即，卻無堵漏排險之意，只顧你搶我奪地，朝自家的口袋裡撿拾金銀財寶——不消說，當船沉落水之後，撈得的不義之財越多，也勢必越快地墜落水底。所以，他們都對我說過同樣的話：國民黨的失敗，首先是失敗在自己手裡，正所謂積重難返，氣數已盡。

對於他們，回首前朝事，如同重溫噩夢一般。這，或許也是他們在親身感受到新時代在五、六十年代所呈現的那種澎湃勃發之勢，在接受了新時代的政治思想體系之後，一種由衷的認知。儘管，在新時代沒有特地另行規範的領域，例如待人接物的禮數作派、家居生活的方式習慣等等，從舊時代帶過來的、從更古老的傳統裡熏蒸出來的種種，在他們身上，依然存在，他們卻真誠地以為，舊時代慣見的官場作派、人際關係、世態人心，已隨著舊時代的傾覆，成了可以淡忘的東西。所以，當著「文革」時期，黨內外的政治鬥爭與骨肉相殘，達到了令人髮指的程度，即便是如宋先生這樣的因為有幸受到官方的庇護，而得以相對超脫的「旁觀」者，有時候也不免亂了方寸。

宋先生在歷史上，有過一樁自己也始終認可的「當誅之罪」，那就是：在進剿中央蘇區時，奉蔣介石的手命，殺害了沒能隨主力紅軍撤退的瞿秋白同志。「文革」期間，瞿秋白作為革命烈士的定案被推翻，「有自首變節行為，是貪生怕死的叛徒」，一時間，成了最具權威的新結論。當然，重作結論，並不是發現了新的證據，而僅僅基於對原有史料和旁證（其中包括宋先生在押期間所寫的筆供）的別一樣審視。

如同「清理階級隊伍」無非是用死材料整治活人，「文革」期間，對於任何一樁歷史舊案的反撥，也莫不是著眼於現實的政治目的，並且會直接間接地導致一批人的命運際遇轉捩。在這種情況下，受牽連的人，但有可能，絕不會坐以待斃。於是，某一天的清晨，一些不明身分的人，闖進了宋先生住的院子。

來人封鎖住通道，切斷了住戶們與外界的聯繫。

此行的目的，是迫令宋先生推翻當年的筆供，把瞿秋白就義前的若干有可能授人以柄的言與行，統統說成是尚未改去反動本性的「宋匪」對於革命烈士的貶損之意、污蔑之辭。

為此，他們動用了當年見怪不怪的各種手段。

從清晨，至傍晚。

宋先生沒辦法改口。因為，「不求歷史清白，但求歷史清楚」正是他訣別舊時代、邁向新時代的起點與根基。

他絕想不到，他在歷史上犯下的一樁「當誅之罪」，如今，卻唯有迫他提供偽證，也才有可能保住英靈的英名。

宋先生問心無愧：當年在筆供中，處處把瞿秋白寫作「烈士」，足證彼時絕無貶損污蔑之心。不僅如此，即便當年，他重兵在握，而瞿秋白還是「階下之囚」時，作為個人，他依然是把瞿秋白，看成一代飽學之士，因而由衷地禮敬三分的。他甚至覺得，以瞿秋白的才學和名氣，蔣介石本該想到「刀下留人」的。

來人質問道：既然宋先生如此敬重瞿秋白烈士，何以又在筆供中，污蔑烈士與你手下飲酒吟詩，甚至為你們治印、題字呢。

宋先生被問得目瞪口呆，無言以對。

確實，對於當年，這兩位分別屬於正殺得你死我活的敵對營壘，甚至還是這兩大營壘中的頭面人物，在那樣一段短暫而特殊的日子裡，曾經有過的所謂「非公務性」的言與行，全然按照階級和階級鬥爭的思路，斷然無法理解；在這樣的思路和「正面教育」中成長起來的我這一代人，斷然無法理解；就連業已大體上拋棄了舊的時代觀念、接受了新的時代及其思想觀念的宋先生，此時也有些茫茫然無以自圓其說了。

這一切，今天看來，卻又如此容易解釋：宋先生不是文人，卻敬重儒雅之人，飽學之士。這一點，得見於中國人身上，不足為奇。聽憑這樣一種無礙「大是大非」的個人好惡，介入自認還可以全權作主的所謂的「公務」之中，這樣的事例，見諸宋先生那一代人身上，似也並不稀罕。

相應地，從瞿秋白這方面來看，他對宋先生及其屬下，並非一律橫眉怒目，罵不絕口，甚至在《最後的話》中，展示了彌多的文人氣質與情愫，不僅半點無損其烈士英名，而且活脫脫見出了他的性情與心境。作為一代文人雅士，他絕不擅長「橫眉立目」、「破口大罵」。瞿秋白雖然擔任過黨的中央領導職務，但是，骨子裡，他依然是一介書生。對於他，不僅因為犯了「路線錯誤」，而被逐出了領導層，甚至沒有資格隨同主力紅軍撤離險境，以致落入敵手，該說是品嘗了一連串的命運的和事業的挫折。面對直呈眼底的死亡，在不背叛自己的信仰和組織的前提下，聽憑文人的本性和喜好，伴他走過最後的人生之旅，這一切，又豈是區區政治術語，所能框定準確的麼。

遺憾的是，生活與人生，在我們的眼中和心裡，曾經只有政治，只是政治。

這一番劍拔弩張的逼供，終於不了了之。

事後，宋先生只說：想必，有人受了牽連呵。

感慨之中，帶了彌多同情。

八十年代初，宋先生與遠在美國的兒女們取得了聯繫。此後，夫婦二人，開始出國走動。據說，起初海外的某些親臺報刊，曾鼓譟過一陣子宋先生如何「負有中共統戰使命」，如何「一路揮金如土」之類，並且為此幾乎被宋先生告上了法庭。

雖說「落葉歸根」乃是中國人的一種傳統心理，宋先生一家，最後還是在美國定居。宋先生照舊按時回國參加政協會議，直至他去世。

自說自話（跋）

朱暉

想表達的，已形諸本書主體部分的各文字段落。這一段的「自說自話」，無非是廢話。

一九九五年初，彷彿受著又一度的壞心情的左右，我寫出了一篇悼念　亡母的散文。文章刊出後，方方面面，或貶或褒，讓我有了在新聞報導和文學評論以外的文體，繼續嘗試下去的意欲。寫這本書的念頭，即源於此。

開篇之後，才知道完成這樣的一本書，並不那麼容易。怎樣寫，寫什麼，能不能找到貫串始終的東西，怎樣的視點、怎樣地敘述，才可能恰如其分地表達自己想要表達的東西，諸如此類的問題，我知道，莫不是文學理論中，老掉了牙的命題，而事到臨頭，卻莫不成為一次次迫我萌生退意的關隘。眼見時間一天天流逝，擬定的截稿期限一次次地後移，無奈之下，只有懵懵懂懂地亂寫，時斷時續地硬寫。於是，寫作過程，也就長得出奇；行文的心態與語感，也便先天地無從統一。即令此刻，面對了總算湊齊了的這一堆文字，該想明白而沒想明白的，該寫好而寫砸了的，我自知，依然比比皆是。

如此竭誠和執拗地經營之後，成果依然這般地令我沮喪，這樣的事，在我身上，誠可謂再而又再。並非天公不作美，絕不是社會待我不公，一切，都屬命中注定。而所謂命運，我相信，又與性格相因果，相輔成。在自己的一生已在不知不覺中消磨殆盡之際，我再不能不老老實實地承認，舉凡事業與財富、婚姻與家庭、修身與養性，比照人們推崇的種種人生標的，我都該算一例地地道道的失敗者。這一點，就連自己，也看得清清楚楚。

按照佛家的說法，生而為人的靈魂，雖屬修煉了屢世屢代，所能享有的俗稱為「人」的這樣一種軀體形態和生命階梯，還是要在一段或長或短的人間跋涉中，通過七情六欲一次次一番番的恣肆與困阨，領悟得與失、有與無、色與空的玄機。我與佛無緣，卻以為這說法中，含了一種很是普通的人生經驗，那便是：古往今來，成功的喜悅與幸福的感覺，鮮有個體的差異；而失敗與挫折，以及不能不導引出的種種辛酸苦辣，儘管沒人願意承受，也都不那麼容易承受，卻分明又是一處見出彌多個性的和命運的差異的領域。也因此，古今中外，文學藝術創作，似也在「苦」與「悲」這兩個字上，著力最多，收穫最豐。

以之為鑑，聊以自慰的，便只有一點，那便是：作為平民百姓，身逢一個並非戰亂頻仍之世，所能經歷和感悟的東西，我幾乎一樣不缺，且樁樁件件，刻骨銘心。

這，同樣是我真心誠意地認可和自豪的一種人生財富。為此，我衷心地感謝自己的命運，自己的這一生，自己所處的這個時代。

正像我堅定地認為，同屬愛情，烈度卻大大地不同。只要真的享有過神魂顛倒、如醉如癡、欲罷不能的境界，無論這愛是天長地久還是轉眼即逝，於己，於人，都屬無怨無悔，終生受用。畢竟，人生在世，有幸且有緣得窺這樣一種境界者，並不很多。

在這本書裡，我卻有意迴避了自己的愛情經歷。一則，自認目前的筆力，尚遠不足以承載這一份至甘至苦；二則，說不出，道不明的，才是人生的至甘至苦，不也是個個心中有數的一種人生體驗麼。

或許與這想法有關，本書記述的人物，業已仙逝者居多。需要申明的是，這樣做的初衷，倒不是藉編排亡靈，有意減損或迴避什麼，相反，對出現在自己人生閱歷中的人們，以及每個人的性格和活法，我總是盡可能地持以公允和理解的態度。雖如此，我卻無意更無力替任何人寫真作傳。從這個意義上說，出現在本書中的一切人與事，只是寄寓寫作者的人生經歷與體驗的若干媒介而已。

甚至，我也無意為自己作傳。我只是個平民百姓，所遇與所感，也都不具有等同阿Q的典型性與觀賞性。我只想表達身逢這樣一個起伏跌宕的時代，我這麼一個普通中國百姓的些許人生感遇。從這個意義上說，出現在本書中的所有的人與事，都不是原生態的客體，而只是我眼中的人生，留在我心中的造型，引發種種思緒的由頭，以及我感覺中的我自己。

由小見大，或許，這也正是「盡信史莫如不讀史、盡信書莫如不讀書」的道理。在這一點上，老祖宗們可真是機敏絕倫。他們明確區分了「大道」與「小道」、「正史」與「野史」，主張兩者各司其職，互不牽扯。作為「大道」物化形態的「正史」，專旨記撰關乎國家興亡，政體、政局乃至政要的「事」與「勢」；至於身逢其時其地的個人，尤其是「販夫走卒者流」，其因人、因事、因時、因地而異的種種所遇所感，則統屬「或可一觀」的「小道」，即令形諸文字，亦屬區區「野史」而已。

以今天的文明程度看過去，這樣的劃分，已將彼時的社會等級觀念，推衍至目中無「人」的程度。這種僅僅著眼於人的尊卑貧富來劃定正史與野史、歷史的主人與歷史的附庸的思維方式，如今似乎至少是在觀念的和口頭的層面，已遭唾棄。既然人類業已普遍享有了這樣一種劃時代的文明成就，喜好舞文弄墨者，既可以把「替天行道」乃至「代天子立言」，作為自己的創作指歸，也不妨覺著自己與自己記述下的所遇所感，也都屬於鮮活鮮活的歷史，時代與社會與人生的一個有機的組成部分。

雖如此，文學與歷史學，文學的文體與例如政論文之類的文體，當今之世與遠古時代相比，其分野與分工，已是明白無誤了好大一截。如果沒人願意且真也有本事取締這些分野與分工，那麼，強令甘居於「小道」「野史」的寫手，筆筆落到大是大非上，篇篇輝映國家民族之大勢與大事，正如同指望國情咨文寫成詩歌小說一般，於己，於人，都是太過荒唐的舉止。

有道是「敝帚自珍」。無論成功者與成大事者怎樣看取自身，以及自身所成就的一干大業與大勢，也無論尚待根本解決溫飽問題的國度，眼下有沒有餘力關注個體的所遇所感，我依然看重自己的這一份人生履歷和觀感體驗，並且在本書的寫作過程，把盡可能地保持平民百姓的視角，作為一種相當明確的主旨。

當然，讀罷這一堆不像樣更入不得君子之眼的文字，連我也不免詰問自己：不用平民百姓的視角，又能怎樣！

可見這一篇「自說自話」，原本無需寫，亦不值一讀。

是為跋。

二〇〇〇年十二月二十日訂改於北京

三民叢刊書目

㉖	作家與作品	謝冰瑩著
㉗	冰瑩書信	謝冰瑩著
㉘	冰瑩遊記	謝冰瑩著
㉙	冰瑩憶往	謝冰瑩著
㉚	冰瑩懷舊	謝冰瑩著
㉛	與世界文壇對話	鄭樹森著
㉜	捉狂下的興嘆	南方朔著
㉝	猶記風吹水上鱗 ・錢穆與現代中國學術	余英時著
㉞	形象與言語 ・西方現代藝術評論文集	李明明著
㉟	紅學論集	潘重規著
㊱	憂鬱與狂熱	孫瑋芒著
㊲	黃昏過客	沙　究著
㊳	帶詩蹺課去	徐望雲著
㊴	走出銅像國	龔鵬程著
㊵	伴我半世紀的那把琴	鄧昌國著
㊶	深層思考與思考深層 ・轉型期國際政治的觀察	劉必榮著
㊷	瞬　間	周志文著
㊸	兩岸迷宮遊戲	楊　渡著
㊹	德國問題與歐洲秩序	彭滂沱著
㊺	文學關懷	李瑞騰著
㊻	未能忘情	劉紹銘著
㊼	發展路上艱難多	孫　震著
㊽	胡適叢論	周質平著
㊾	水與水神 ・中國的民俗與人文	王孝廉著
㊿	由英雄的人到人的泯滅 ・法國當代文學論集	金恆杰著
51	重商主義的窘境	賴建誠著
52	中國文化與現代變遷	余英時著
53	橡溪雜拾	思　果著
54	統一後的德國	郭恆鈺主編
55	愛廬談文學	黃永武著
56	南十字星座	呂大明著
57	重疊的足跡	韓　秀著
58	書鄉長短調	黃碧端著
59	愛情・仇恨・政治 ・漢姆雷特專論及其他	朱立民著

⑩蝴蝶球傳奇　顏匯增著
・真實與虛構
⑪文化啓示錄　南方朔著
⑫日本這個國家　章　陸著
⑬在沉寂與鼎沸之間　黃碧端著
⑭民主與兩岸動向　余英時著
⑮靈魂的按摩　劉紹銘著
⑯迎向眾聲　向　陽著
・八〇年代臺灣文化情境觀察
⑰蛻變中的臺灣經濟　于宗先著
⑱從現代到當代　鄭樹森著
⑲嚴肅的遊戲　楊錦郁著
・當代文藝訪談錄
⑳甜鹹酸梅　向　明著
㉑楓　香　黃國彬著
㉒日本深層　齊　濤著
㉓美麗的負荷　封德屏著
㉔現代文明的隱者　周陽山著
㉕煙火與噴泉　白　靈著

㉖七十浮跡　項退結著
・生活體驗與思考
㉗永恆的彩虹　小　民著
㉘情繫一環　梁錫華著
㉙遠山一抹　思　果著
㉚尋找希望的星空　呂大明著
㉛領養一株雲杉　黃文範著
㉜浮世情懷　劉安諾著
㉝天涯長青　趙淑俠著
㉞文學札記　黃國彬著
㉟訪草（第一卷）　陳冠學著
㊱藍色的斷想　陳冠學著
・孤獨者隨想錄
A・B・C全卷
㊲追不回的永恆　彭　歌著
㊳紫水晶戒指　小　民著
㊴心路的嬉逐　劉延湘著
㊵情書外一章　韓　秀著
㊶情到深處　簡　宛著
㊷父女對話　陳冠學著

- ⑨③ 陳冲前傳　嚴歌苓著
- ⑨④ 面壁笑人類　祖　慰著
- ⑨⑤ 不老的詩心　夏鐵肩著
- ⑨⑥ 雲霧之國　合山　究著
- ⑨⑦ 北京城不是一天造成的　喜　樂著
- ⑨⑧ 兩城憶往　楊孔鑫著
- ⑨⑨ 詩情與俠骨　莊　因著
- ⑩⓪ 文化脈動　張　錯著
- ⑩① 桑樹下　繆天華著
- ⑩② 牛頓來訪　石家興著
- ⑩③ 深情回眸　鮑曉暉著
- ⑩④ 新詩補給站　渡　也著
- ⑩⑤ 鳳凰遊　李元洛著
- ⑩⑥ 文學人語　高大鵬著
- ⑩⑦ 養狗政治學　鄭赤琰著
- ⑩⑧ 烟　塵　姜　穆著
- ⑩⑨ 河　宴　鍾怡雯著
- ⑪⓪ 滬上春秋　章念馳著
- ⑪① 愛廬談心事　黃永武著
- ⑪② 吹不散的人影　高大鵬著
- ⑪③ 草鞋權貴　嚴歌苓著
- ⑪④ 是我們改變了世界　張　放著
- ⑪⑤ 夢裡有隻小小船　夏小舟著
- ⑪⑥ 狂歡與破碎　林幸謙著
- ⑪⑦ 哲學思考漫步　劉述先著
- ⑪⑧ 說　涼　水　晶著
- ⑪⑨ 紅樓鐘聲　王熙元著
- ⑫⓪ 寒冬聽天方夜譚　保　真著
- ⑫① 儒林新誌　周質平著
- ⑫② 流水無歸程　白　樺著
- ⑫③ 偷窺天國　劉紹銘著
- ⑫④ 倒淌河　嚴歌苓著
- ⑫⑤ 尋覓畫家步履　陳其茂著
- ⑫⑥ 古典與現實之間　杜正勝著
- ⑫⑦ 釣魚臺畔過客　彭　歌著
- ⑫⑧ 古典到現代　張　健著
- ⑫⑨ 帶鞍的鹿　虹　影著
- ⑬⓪ 人文之旅　葉海煙著

- 131 生肖與童年　小　民著　喜　樂圖
- 132 京都一年　林文月著
- 133 山水與古典　林文月著
- 134 冬天黃昏的風笛　呂大明著
- 135 心靈的花朵　戚宜君著
- 136 親　戚　韓　秀著
- 137 清詞選講　葉嘉瑩著
- 138 迦陵談詞　葉嘉瑩著
- 139 神　樹　鄭　義著
- 140 琦君說童年　琦　君著
- 141 域外知音　張堂錡著
- 142 遠方的戰爭　鄭寶娟著
- 143 留著記憶・留著光　陳其茂著
- 144 滾滾遼河　紀　剛著
- 145 王禎和的小說世界　高全之著
- 146 永恆與現在　劉述先著
- 147 東方・西方　夏小舟著
- 148 嗚咽海　程明琤著
- 149 沙發椅的聯想　梅　新著
- 150 資訊爆炸的落塵　徐佳士著
- 151 沙漠裡的狼　白　樺著
- 152 風信子女郎　虹　影著
- 153 塵沙掠影　馬　遜著
- 154 飄泊的雲　莊　因著
- 155 和泉式部日記　林文月譯・圖
- 156 愛的美麗與哀愁　夏小舟著
- 157 黑　月　樊小玉著
- 158 流香溪　季　仲著
- 159 史記評賞　賴漢屏著
- 160 文學靈魂的閱讀　張堂錡著
- 161 抒情時代　鄭寶娟著
- 162 九十九朵曇花　何修仁著
- 163 說故事的人　彭　歌著
- 164 日本原形　齊　濤著
- 165 從張愛玲到林懷民　高全之著
- 166 莎士比亞識字不多?　陳冠學著
- 167 情思・情絲　龔　華著

⑯⑧說吧，房間　林白著
⑯⑨自由鳥　鄭義著
⑰⓪魚川讀詩　梅新著
⑰①好詩共欣賞　葉嘉瑩著
⑰②永不磨滅的愛　楊秋生著
⑰③晴空星月　馬遜著
⑰④風　景　韓秀著
⑰⑤談歷史　話教學　張元著
⑰⑥兩極紀實　位夢華著
⑰⑦遙遠的歌　夏小舟著
⑰⑧時間的通道　簡宛著
⑰⑨燃燒的眼睛　簡宛著
⑱⓪月兒彎彎照美洲　李靜平著
⑱①愛廬談諺詩　黃永武著
⑱②劉真傳　黃守誠著
⑱③天涯縱橫　位夢華著
⑱④新詩論　許世旭著
⑱⑤天　讀　張放著
⑱⑥綠野仙蹤與中國　賴建誠著

⑱⑦標題飆題　馬西屏著
⑱⑧詩與情　黃永武著
⑱⑨鹿　夢　康正果著
⑲⓪蝴蝶涅槃　海男著
⑲①半洋隨筆　林培瑞著
⑲②沈從文的文學世界　王繼志　陳龍著
⑲③送一朵花給您　簡宛著
⑲④波西米亞樓　嚴歌苓著
⑲⑤化妝時代　陳家橋著
⑲⑥寶島曼波　李靜平著
⑲⑦只要我和你　夏小舟著
⑲⑧銀色的玻璃人　海男著
⑲⑨小歷史　林富士著
⑳⓪再回首　鄭寶娟著
⑳①舊時月色　張堂錡著
⑳②進化神話第一部
・駁達爾文《物種起源》　陳冠學著

203
大話小說
莊因 著

作者以其亦莊亦諧的筆調，探觸華人世界的生活百態，這其中有憶往記遊、有典故，當然還有他所嗜好的飲食文化，綜觀全書，不時見他出入人群，議論時事，批評時弊，本著知識份子的良知良行，期待著中國人有「說大話而不臉紅的一天」。

204
人禍
彭道誠 著

太平天國起義是近代不容忽視的歷史事件，他們主張男女平等，要解百姓倒懸之苦。而戰無不勝勢如破竹的天朝，卻在攻下半壁江山後短短幾年由盛而衰，終為曾國藩所敗，何以有此劇變？讀者可從據史實改編的本書中發現端倪。

205
殘片
董懿娜 著

讀董懿娜的小說就像凝視一朵朵淒美的燭光。她筆下的女主人翁大都是敏感又聰明的人物，明明知道等待著她的是絕望，她還要希望。而她們的命運遭遇，會讓人覺得曾經在塵世間匆匆一瞥。本書就在作者獨特細緻的筆觸下，編排著夢一般的真實。

206
陽雀王國
白樺 著

中國施行共產主義，在政治、文化、生活作了種種革新，人民在一波波浪潮衝擊下，徘徊新舊之間。本書文字自然流暢，以一篇篇小說寫出時代轉變下豐富的眾生相，可喜、可憎、可愛的人生際遇，反應當時社會背景，讀之，令人動容。

207
懸崖之約

海男　著

「男人與女人在此約會中的故事，貫穿著一個幸運的結局和另一個戲劇的結局」。一個患腦癌的四十歲女子，她要在去天堂之前去訪問記憶中銘心刻骨的每一個朋友，也許是密友、情人、前夫，她的生活因為有了昨日的記憶，將展開一段不同的旅程。

208
神交者說

虹影　著

人的情感總是同時交雜著出現，很難只用喜悅、悲傷、恐懼等單純詞語完整表達。而本書作者細緻地記述回憶或現實的片段，藉以呈現許多情況下（如養父過世，或只是邂逅陌生人等）人複雜多變的感覺，使讀者能自然地了解書中的情境與人物的感受。

209
海天漫筆

莊因　著

或「拍案叫好」或「心有戚戚」或「捫心自思」，作者以其多年旅居海外經驗，與自身文化激盪的心得，發為一篇篇散文，不但將中華文化精萃發揚，亦介紹西方生活的真善美。且看「海」的那片「天」空下，作者浪「漫」的妙「筆」！

210
情悟，天地寬

張純瑛　著

本書乃集結作者旅居美國多年來的文章，娓娓細述遊子之情。其文字洗鍊，生動感人，處處展現羈旅之心與赤子之情。作者雖從事電腦業，但文章風格清新雋永。值得你我風簷展讀，再三品味，從中探索「情」之真諦！

211

誰家有女初養成

嚴歌苓 著

「巧巧覺得出了黃桷坪的自己，很快會變一個人的。對於一個新的巧巧，窩在山溝裡的黃桷坪和窩在黃桷坪的一切人和事，都不在話下。」踏出黃桷坪的巧巧會有怎樣的改變呢？如願的坐上流水線抑或是……

212

紙銬

蕭馬 著

紙銬，這樣再簡單不過的刑具，卻可以鎖住人的雙手，甚至鎖住人心，牢牢的，讓人難以掙脫更不敢掙脫。隨便揀一張紙，挖兩個窟窿，然後自己把手伸進去，老老實實地伸直了手，哪敢輕易動彈，碰上風吹雨淋，弄斷了紙銬，一個個都急成了哭相……

213

八千里路雲和月

莊因 著

本書可分為兩大部分，雖然皆屬於記遊文字、同在大陸地區，時間，卻整整相隔了十八年。作者以其獨特的觀點、洗鍊的文筆，道出兩段旅程中的種種。從這些文章，我們可以看見一些故事，也可以看出一位經歷不凡的作家，擁有的不凡熱情。

214

拒絕與再造

沈奇 著

新詩已死？現代人已不讀詩？對於這些現象，作者本著長年關注現代詩的研究，對現代詩有其深刻的體認，無論是理論的闡述或是兩岸詩壇的現況，甚至是詩作的分析，都有其獨特的見解。在他的帶領下，你將對現代詩的風貌，有全新的認識與感受。

215
冰河的超越

葉維廉　著

詩人在新生的冰河灣初次與壯麗的冰河群相遇，面對這無言獨化、宇宙偉大的運作，面對「雪疊著雪雪疊著雪疊著永不溶解的雪／緩緩地積壓著／冰晶冰層冰箔相連覆蓋九萬餘里」的景象，喜悅、震撼、思涉千載而激盪出澎湃磅礴的——冰河的超越。

216
庚辰雕龍

簡宗梧　著

基於寫作興趣就讀中文系，卻因教學職責的召喚，不得不放緩文學創作的腳步。本書作為政大簡宗梧教授創作成果的集結，不僅可讓讀者粗識簡教授於教學及研究著績外的創作成果，也將是記誌簡教授今後創作「臺灣賦」系列作品的一個始點。

217
莊因詩畫

莊因　著

因心儀進而仿效豐子愷漫畫令人會心的幽默與趣味，作者基於同樣對世間生命萬物寬厚博大的關注與愛心，以他罕為人知的「第三枝筆」，畫出現今生活於你我四周真實人物的喜怒哀樂，並附以詩文，為傳統的中國詩畫注入了全新的生命。

218
換了頭抑或換了身體

張德寧　著

換了頭抑或換了身體？當器官移植技術發達到可以更換整個身軀時，我們要擔心的是生理上的排斥或心理上的抗拒？該為人類創造的奇蹟喝采還是為扭曲了人的靈魂而付出代價？藉作者精心的布局與對人深刻的觀察，我們將探觸心裡未曾到達的角落。

219

黥首之後

朱暉 著

政治上成分的因素，他曾前後被抄三次家，父母也先後被送入囹圄和下放勞改。他嚐盡世間的殘酷悲涼，看透人性的醜陋自私，但外在的折磨越狠越兇，內裡的親情就越密越濃。人性中最陰暗齷齪的一面與最光明燦爛的一面，都在這裡。

220

生命風景

張堂錡 著

每個人的故事，如同璀璨的風景，綻放動人的面貌。透過作者富含情感的筆觸，引領出成功背後的奮鬥歷程。文中所提事物，與我們成長經驗如此貼近，讓人油然而生「心有戚戚焉」之感。他們見證歷史，也予我們許多值得省思與仿效的地方。

221

在綠茵與鳥鳴之間

鄭寶娟 著

不論是走訪歐洲歷史遺跡有感，或抒發旅法思鄉情懷，抑或中西文化激盪的心得，作者以其一貫獨特的思考與審美觀，發為數十篇散文，澄清的文字、犀利的文筆中，流露著一種靈秘的詩情與浪漫的氣氛，讓讀者在綠茵與鳥鳴之間享受有深度的文化饗宴。

222

葉上花

董懿娜 著

讀董懿娜的文章，如同接受心靈的浸潤。生活的點滴，藉她纖細敏感的筆尖，便能在心中蕩起圈圈漣漪；娓娓的傾訴，叫人不禁沉入她的世界。在探求至情至性的同時，重新面對自己，循著她的思緒前進，彷彿也走出了現實的惱人，燃起對生命的熱情。

223

與自己共舞

簡宛 著

「與自己共舞，多麼美好歡暢的感覺！」長年旅居海外的簡宛，以平實真誠的筆調，與讀者分享「接納自己、肯定自我」的喜悅。書中收錄作者多年來與自己共舞的所思所感，包含對婚姻、家庭、自我成長的探討，值得讀者細細品味這分坦率至情的人生智慧。

224

夕陽中的笛音

程明琤 著

我們從本書中可領略程明琤對於生命的思索與感受，對於文化的關懷珍視，她更以廣闊的角度引領讀者去探索藝術家的風範和多彩的人文景致。讀她的文章不只是欣賞她行文遣字的氣蘊靈秀，真正觸動人心的是她對眾生萬相所付注的人文情懷。

225

零度疼痛

邱華棟 著

「我發現我已被物所包圍，周圍一個物的世界，它以嚇人的速度在變化更新，似乎我的生活已經事先被規定、被引導、被制約、被追趕。」作者以魔幻的筆法剖析現代人被生活擠壓變形的心靈。事實上，我們都是不同程度的電話人、時裝人、鐘錶人……。

226

歲月留金

鮑曉暉 著

以滿盈感恩的心，追憶大時代的離合悲歡，及中國這片土地的光輝與無奈；用平實卻動人的文字，記錄生活的精彩，和對生命的熱愛與執著。作者將歲月中的點滴與感動，譜成這數十篇的散文，讀來令人低徊不已，並激盪出對生命的無限省思。

國家圖書館出版品預行編目資料

黥首之後／朱暉著－－初版一刷．－－臺北市；三民，民90

面；　公分－－(三民叢刊;219)

ISBN 957-14-3400-0(平裝)

855　　90000377

網路書店位址　http://www.sanmin.com.tw

© 黥首之後

著作人　朱暉
發行人　劉振強
著作財產權人　三民書局股份有限公司
臺北市復興北路三八六號
發行所　三民書局股份有限公司
地址／臺北市復興北路三八六號
電話／二五〇〇六六〇〇
郵撥／〇〇〇九九九八──五號
印刷所　三民書局股份有限公司
門市部　復北店／臺北市復興北路三八六號
重南店／臺北市重慶南路一段六十一號
初版一刷　中華民國九十年二月
編　號　S 85564
基本定價　參元捌角
行政院新聞局登記證局版臺業字第〇二〇〇號

ISBN　957-14-3400-0　(平裝)